Zum Geleit

»Herzliches Missverständnis wünscht allen Unklaren ...« – diesen Spruch schrieb ein gewisser Hans Bötticher in diverse Gästebücher. Denselben Satz schrieb ein gewisser Joachim Ringelnatz ebenfalls in diverse Gästebücher.

Ein Rätsel? Nein, eher ein Fall geistigen Diebstahls, wobei der eine bei seinem anderen Selbst klaute.

Kurt Tucholsky fasste des Rätsels Lösung 1922 in der »Weltbühne« so zusammen: »Wer hat so viel Achtung und Liebe vor fremdem Leben, vor der fremden Fülle, der Wichtigkeit der andern, dem Mikrokosmos der andern ...? Wer ist dieser Hans Bötticher?

Wer? Unser Joachim Ringelnatz.«

Zu dieser Zeit nannte sich der am 7. August 1883 in Wurzen als Hans Gustav Bötticher Geborene schon das dritte Jahr Ringelnatz. Unter diesem Namen war er – durch Auftritte in Kabaretts, Varietés, Kinosälen oder wo immer er ein Engagement bekommen konnte sowie durch mehrere Buchveröffentlichungen – deutschlandweit bekannt geworden. Manche führen das Pseudonym auf die klangähnliche Ringelnatter zurück. Wahrscheinlicher ist die seemännische Erklärung, denn Ringelnatze oder Ringelnasse wurden die Seepferdchen genannt. Ringelnatz selbst trug nie zu einer ausreichenden Erhellung bei. Nicht zu vergessen, dass Ringelnatz ja ein Nachname ist und davor sich noch der Joachim tummelt. Den wählte Bötticher mit ziemlicher Sicherheit, weil Joachim »von Gott aufgerichtet« bedeutet.

Hans Bötticher hatte einen starken Drang zur See und befuhr sie auch. Nachdem er wegen einer Sehschwäche abmustern musste, blieb seine Seeschwäche erhalten und er der ewige Matrose Ringelnatz.

Der Kabarettist Ringelnatz wurde schon zu Lebzeiten oft und gern mit einem Individuum namens Kuttel Daddeldu verwechselt. Das lag nicht nur an seiner Seefahrererfahrung, sondern auch daran, dass Ringelnatz bei seinen Auftritten gern im Matrosenanzug erschien und die Daddeldu-Geschichten so lebendig erzählte, als hätte er alles selber erlebt.

Aber Kuttel Daddeldu war das Klischee eines Seemannes, ein Seebär, an dem alles übertrieben groß geraten war. Die Muskeln waren groß, der Kopf (viel Platz darin), das Herz (auch viel Platz darin), Bauch und Unterbauch – alles war groß an dem Mann. Und große Probleme: Steuerte er einen bestimmten

Hafen an, tauchte die verzweifelte Frage auf: Welcher Ring gehört jetzt an den Finger? Wie heißt die Frau, die zu dem Ring gehört? Wie heißen die Kinder, die zu der Frau gehören, die zu dem Ring ...? Und um den Problemen ein wenig aus dem Weg zu gehen: Rein in die erstbeste Pinte, eine Buddel Schnaps gestoßen, dann das Leben in Angriff genommen.

Ringelnatz war ganz anders: klein, spack, ein dünner Hering. Das Einzige, was überdimensioniert war an ihm, war seine Nase, sein Geierzinken, der beim Austrinken der verschiedensten Getränke immer im Wege war. Und hinter dieser Nase steckte das Gehirn, das sich die Geschichten vom Seemann Kuttel Daddeldu ausdachte. Aber eben nicht ganz, denn das Leben hatte dem Ringelnatz die Geschichten ins Hirn gespült.

Auf den folgenden Seiten finden sich einige wahrhaftig wahre und höchstwahrscheinlich wahre Geschichten aus dem gut halben Jahrhundert Leben des Joachim Ringelnatz, der über sich selber schrieb, er sei Zeit seines Lebens ein herzbetrunkenes Kind gewesen.

Der Autor dieses Buches hat sich entschieden, den Ringelnatz in seiner Anekdotensammlung von Anfang an so zu nennen und den Hans Bötticher vorsichtig daneben zu legen, auf dass er zwar existent bleibe, aber dem Ringelnatz den Vortritt lasse.

Frühe Einflüsse

Ringelnatz hatte in Wurzen ein Kindermädchen, das ihm Angst einjagte. So führte sie den knapp Vierjährigen in die Stadt, als das Muldehochwasser die Straßen überflutete, und drohte, das Wasser werde weiter ansteigen. Des Öfteren zerrte sie das schreiend protestierende Kind auf den Friedhof, »vor ein Kreuz, an das ein großer, schreckeinflößender, nackter Mann genagelt war.« Kein Wunder, daß Ringelnatz die erstbeste Gelegenheit nutzte, um auszubüchsen. Ein Freund des Vaters sah den kleinen Jungen auf dem Marktplatz und fing ihn ein.

Zwei Lebensretter

Die Familie war nach Leipzig gezogen, in die Uferstraße »An der Alten Elster«. Einmal brachte Ringelnatz mit seiner zwei Jahre älteren Schwester Ottilie freudestrahlend ein totes Huhn nach Hause, das die beiden unter Lebensgefahr aus dem Fluss »gerettet« hatten.

Kunst und Knete

Ringelnatz und Ottilie bauten ein Guckkasten-Theater: Er malte als Bühnenhintergrund eine Polarlandschaft, davor stand auf blauem Papiereis und Watteschnee ein kleiner gebastelter Holzschlitten. Ottilie gab die Platzanweiserin für die Eltern, die

Einklinglerin und eifrige Vorhangzieherin. Nach der Vorstellung spendierte der Vater als Anerkennung und erstes Künstlerhonorar ein paar Pfennige. Die Kinder gewöhnten sich an diese Verdienstmöglichkeit, gaben sich aber immer weniger Mühe, so dass der Vater als kluger Gärtner der Bötticher-Baumschule diesen Erwerbszweig abschnitt.

Kinderglaube

Ringelnatz verlangte stets, daß das Kindermädchen ihn aufs Klo begleite, denn er glaubte, dort hause ein Gespenst. Wenn er dem Lokuslokal entronnen war, knallte er die Tür zu und verhöhnte das Gespenst mit dem immer gleichen Ruf: »Dumm bist du!« Die verwunderten Eltern befragten den kleinen Hosenscheißer, der alles gestand. Von nun an hieß das Klo nur noch das »Dummbiste«.

Der kleine Experimentator

Spielzeug gab es nicht viel, oft und schnell ging es entzwei. Aber erst das Experimentieren mit den Trümmern war wahres, weil schöpferisches Vergnügen. In seinem Brummkreisel, den er mit viel Mühe oben geöffnet hatte, erhitzte Ringelnatz auf einem Spiritusflämmchen Petroleum. Leider kam die Mutter dazu, die es nicht akzeptabel fand, dass das Experiment unter ihren Tüllgardinen stattfand.

Strafe muss sein

Wenn die Eltern, vor allem die resolute Mutter, Erziehungsmaßnahmen ergriffen, »dickschte« Ringelnatz oft. Gekränkt aß er dann zwar mittags die Suppe und das Fleischgericht mit, schwieg aber beharrlich. Und zur Strafe für seine Eltern stand er auf, als das ach so leckere Dessert auf den Tisch kam und verließ erhobenen Hauptes die Stube.

Löwenmut

Mutter Bötticher drohte, sich wegen des Dienstmädchens aus dem Fenster zu stürzen. Ringelnatz klammerte sich schreiend an ihre Beine – also an die der Mutter. Aber er hatte sich vorher auch schon einmal an des Dienstmädchens Beine gewagt. Das brachte ihm eine Ohrfeige ein, seitens des Dienstmädchens. Das Mädchen wurde übrigens entlassen und anschließend zur berühmten Löwenbändigerin Claire Heliot. Sie soll ihr Leben im Maul eines Löwen ausgehaucht haben. Wohl dem Dichter, der solch ein Kindermädchen hatte.

Immer der Nase nach

Mutter Bötticher beließ dem Familienjüngsten lange die blonden Haare in mädchenhafter Länge. Die Mitschüler zogen deshalb über Ringelnatz her. Als die Haarpracht dann fiel, sah man allerdings

Ringelnatzens ausgeprägte Physiognomie sehr viel besser. Der Träger derselben war später überzeugt, dass sein Gesicht sein Schicksal bestimmt habe. Mit einem anderen Gesicht wäre sein Leben ganz anders, jedenfalls ruhiger verlaufen.

Schülerstreichwurst

Einem Mitschüler stahl der kleine Tunichtgut das Frühstücksbrot, klappte es auseinander, legte Papier auf, klappte die Stullen wieder zu und schnitt das überstehende Papier ab. In der Pause freute er sich königlich, weil der Mitschüler bei jedem Bissen ekelverzerrten Gesichts Papierstückchen aus dem Mund klaubte.

Die andere Nase

Auch das Gymnasium war für Ringelnatz ein Schreckensort. Die Lehrer waren für ihn respektfordernde Dunkelmenschen, der Rektor ein finsterer Herr im zerknitterten Frack. Von Interesse war allein der Turnlehrer Dr. Gasch. Der hatte sich nach einem Duell ein Ersatzteil anfertigen lassen müssen: eine neue Nase, angeblich aus Hühnerfleisch.

Nicht auf dem Trockenen

Ringelnatz lernte, sich über Wasser zu halten, weil der Schwimmlehrer ihn roh ins Wasser stieß und – wenn der Junge an der Angel hängend übte – immer mal die Leine locker ließ. Wenn Hochbetrieb herrschte, half Ringelnatz im Restaurant der Schwimmanstalt beim Würstchenverkauf. Einmal stahl er ein paar Pfennige aus der Kasse, was nie entdeckt wurde. Ihn bedrückte diese Tat lange.

Das Erstlingswerk

In diese Zeit fällt auch Ringelnatzens erste Veröffentlichung. Er schrieb in sächsischem Dialekt »Änne Heringsgeschichte«, in der einem Mann der gekaufte Hering abhanden kommt, der erst am nächsten Tag schlagartig wieder und zwar klebrig-nass im Gesicht des Mannes auftaucht, als der seinen Regenschirm aufspannt. Die Kurzhumoreske brachte zwanzig Mark und die Erkenntnis, dass man sich statt Schule mit viel lukrativeren Dingen beschäftigen konnte.

Tierisch schlecht

Kein Schulfach stieß bei Ringelnatz auf Gegenliebe. Selbst Deutsch und Zeichnen – sozusagen die Fächer, mit denen er später sein Geld verdiente – waren ihm ein Gräuel. Im Zeichnen wollte nicht einmal ein halbwegs erkennbares Quadrat gelingen. Als Strafe musste er auf die Eselsbank und dort einen Gipsdackel abzeichnen. Hundertmal! Zum Schluss war auch da nichts mehr erkennbar.

Lass Blumen sprechen

Seine Singstimme hatte sich Ringelnatz als halbnackter Gassenindianer beim Tauchaer Jahrmarkt kaputt geschrien. Um den Gesangslehrer zu besänftigen, brachte er einen »Blumenstrauß« mit, den er auf dem Schulweg in den städtischen Anlagen gepflückt hatte und der – der herbstlichen Jahreszeit entsprechend – aus blütenlosen Zweigen und kahlen Kräutern bestand. Der Lehrer warf den Strauß aus dem Fenster, verprügelte Ringelnatz und wies ihn für immer aus dem Unterricht.

Durch ein Versehen erschien aber auf den Jahreszeugnissen ab da immer eine Note Eins im Fach Musik.

Leiden und List

Nachsitzen war für Ringelnatz ein normaler Vorgang. Aber seinen Eltern verheimlichte er den Grund der oft späten Heimkehr aus der Schule. An einem Winternachmittag kam er mit einem Schulfreund vom Nachsitzen. Vor dem Gymnasium war Schnee zu einem schmutzigen Haufen zusammengekehrt worden. Beide Jungs stürzten sich ohne Verabredung gleichzeitig kopfüber in den dreckigen Schnee. Beide wollten zu Hause lieber Schneeballschlacht als Verspätungsgrund angeben als Nachsitzen.

Früher Mariner

In Leipzig zog die Familie wieder einmal um und zwar in die Poniatowskistraße. Hinter dem Haus floss die Elster, in der ebenjener Marschall Poniatowski ertrunken war, da er nicht Ringelnatzens Schwimmlehrer gehabt hatte.

Zu Ringelnatz' Kinderzeit befand sich dort die Anlegestelle des einzigen Leipziger Vergnügungsdampfers. Der Dampfer war so groß, dass er auf dem Fluss nicht wenden und darum nur vorwärts und rückwärts fahren konnte. Der kleine Leipziger Seemann Ringelnatz durfte den Fahrgästen die Billetts abnehmen und die Abfahrtsglocke schlagen. Damit war wohl der Samen, besser gesagt der Wassertropfen, für die spätere Seefahrer-Karriere gelegt.

Ein Schlag-Anfall

Nur ein einziges Mal wurde Ringelnatz von seinem Vater geschlagen. Anlass gab ein fast lebensgroßer Pfau, ein mechanisches Aufziehspielzeug, das außen mit echten Pfauenfedern versehen war, sogar Rad schlagen konnte und zierlich herumtrippelte. Motten hatten dieser Schönheit außen den Garaus gemacht. Nun schickte sich Ringelnatz an – mittels Hammer und Stemmeisen – das metallene Innenleben zu erforschen. Schlag auf Schlag! Und Schlag auf Schlag kam es danach zur väterlich-erzieherischen Einzeltat.

Wenn der Vater mit dem Sohne

Ringelnatz verkaufte die teuren Lexika seines Bruders im Antiquariat und verjubelte den Erlös. Sein Vater tadelte ihn streng. Je zerknirschter der Sohn wurde oder sich gab, desto weicher wurde des Vaters Rede. Als Ringelnatz dann gar weinte, verlor der Vater vor Rührung seinen Klemmer, zog das Kind in seine Arme und weinte ein bisschen mit.

Tief beeindruckt

Erst mit zehn Jahren wurde Ringelnatz samt seinen zwei älteren Geschwistern getauft und zwar in der Kirche St. Mauritius im Dörfchen Frauenprießnitz bei Jena. Dieses Ereignis prägte sich tief bei Ringelnatz ein, denn der Geistliche benutzte bei der Taufe eine Art Sahnekännchen und zeichnete sich durch einen extrem tief hängenden Hosenboden aus. So wurde die Taufe ein nachhaltiger Lacherfolg. Das »Sahnekännchen« kann man heute noch in Frauenprießnitz bestaunen.

Die guten ins Töpfchen ...

Ringelnatzens Mutter war eine gute Köchin. Erwartete sie Gäste, bekam sie regelmäßig vor Kocheifer eine purpurrote Glanznase. Zu Kindergeburtstagen gab es immer das Lieblingsgericht. Sonst aber bestimmten die Eltern, was auf den Tisch kam, und das musste auch aufgegessen werden. Ringelnatz hasste Linsen. Einmal musste er nachsitzen, kam zu spät heim und bekam obendrauf noch Linsen. Allein im Zimmer, verteilte er die Linsen gleichmäßig ins Ofenloch, hinter das Stubenbüfett und in die Sofaritze.

Urteil

Ringelnatz erhielt ein Zeugnis. Außer schlechten Noten stand darin auch eine Beurteilung. Der Lehrer hatte messerscharf formuliert, Ringelnatz sei ein Schulrüpel ersten Ranges und aus lauter Ungezogenheiten zusammengesetzt.

Tatoo macht frei

Die Welt kam nach Leipzig, auf dass man sie bestaune. Ringelnatz stieß in einer so genannten Völkerschau auf Menschen aus der Südsee. Samoa! Tahiti! Dem Pubertierenden hatten es vor allem die bronzefarbenen, dunkelhaarigen Frauen angetan. Um sich beliebt zu machen, stahl er zu Hause den gesamten Christbaumschmuck und verschenkte ihn. Die Samoanerinnen liefen alsbald als deutsche Weihnachtsbäume durch die Gegend, geschmückt mit Glaskugeln, kleinen Weihnachtsmännern, Wachsengelchen und Kettchen im Haar.

Als Gegengabe erfüllte ihm eine der Frauen einen Herzenswunsch: eine Tätowierung. Das alles war der Grund für erneutes Zuspätkommen in der Schule. Der Lehrer wünschte eine Erklärung. Ringelnatz sagte stolz: »Ich habe mich tätowieren lassen!« Darum flog er von der Schule.

Verkanntes Genie

Ringelnatz ging nun gezwungenermaßen auf die »Tollersche Privat-Realschule« in der Leipziger Gottschedstraße. Die Schule war stadtberüchtigt, man nannte sie Drillschule oder auch Presse. Ringelnatz und Schule, das blieb ein leidvolles Kapitel. Einzig im Aufsatzschreiben war er gut, bekam aber immer schlechte Noten, weil die Orthografie ungewöhnlich und das Schreibheft bekleckst, mit Fingerabdrücken verunziert und löchrig radiert war. Für andere Schüler schrieb Ringelnatz Aufsätze, die er sich mit Geld oder Geschenken vergelten ließ.

Einmal las Ringelnatz aus seinem Heft fließend einen Hausaufsatz vor. Das Heft war leer. Die Note gut.

Fürs Leben lernen

Familie Bötticher hatte illustre Verwandte. Dazu kamen Nenn-Onkels. Einer war Edwin Bormann, ein sächsischer Dialektdichter. Auf einer Gedenktafel an der Rückseite des Leipziger Alten Rathauses sind er und Ringelnatz-Vater Georg vereint.

Edwins Sohn Fritz erbat sich einmal fünfzig Pfennige für den Besuch eines Radrennens. Zurück vom

Ereignis schilderte er anschaulich die einzelnen Rennfahrten und auch den tödlichen Sturz eines Fahrers. In Ringelnatz' Beisein legte Edwin Bormann seinen Sohn übers Knie und verprügelte ihn mit den Worten: »Solch grausiges Schauspiel siehst du Rohling dir an!« Auch vom Nenn-Onkel konnte man lernen.

Radrowdy

Die Eltern schenkten Ringelnatz ein Brennabor-Fahrrad. Er war überglücklich und wurde zum fanatischen Radrennfahrer. Er stürzte oft, überfuhr Hunde, prallte an Spaziergänger. Später meinte er, wenn ihm sein damaliges Radfahrer-Ich später begegnet wäre, hätte er es tüchtig durchgebläut.

Der Ablichter

Im Sportunterricht ging es so langweilig zu, dass Ringelnatz zur Belebung eine Plattenkamera mitbrachte. Das Arrangieren von Klasse und Lehrer dauerte die ganze Sportstunde an. Dabei hatte Ringelnatz keinerlei Ahnung vom Fotografieren, und in der Kamera war auch keine Platte. Er log dann, ein Foto könne er nicht beibringen, denn beim Entwickeln sei leider die Platte zerbrochen.

Zähmung des Widerspenstigen

Ringelnatz provozierte gern die Lehrer, was ihm Prügel, Nachsitzen und Arrest einbrachte. Nur der Geometrielehrer Dr. Dörry zähmte ihn. Das kam so: Ringelnatz meldete sich in der Schulstunde und fragte frech, ob er mal fünf Minuten in den Puff gehen könne. Alles erstarrte, nur der Lehrer schaute auf seine Uhr und sagte ganz ruhig: »In fünf Minuten bist du zurück!«

Ringelnatz verwartete die Minuten im Schulhaus, kam pünktlich zurück und erhielt, zum Erstaunen aller und nicht zuletzt zu seinem eigenen Erstaunen, keine Strafe. Seitdem war er ein begeisterter Geometrieschüler.

Der Junge schifft sich ein

Ringelnatz wollte unbedingt zur See fahren. Entgegen anderslautenden Legenden ist er nicht von zu Hause ausgerissen. Sein Vater brachte ihn sogar nach Hamburg und sie übernachteten in einem Hotel. Da wussten die beiden Landratten noch nicht, dass sie vom Heuerbaas Kerner betrogen worden waren, als der ihnen für vierhundert Mark eine schlechte Seemannsausrüstung verkaufte. Auf dem ersten Schiff wurde Ringelnatz darum nur Vierhundertmarksjung genannt.

Nie verwelkt

Ringelnatz begleitete seinen Vater noch zum Bahnhof. Als der Zug anfuhr, warf der Sohn einen Veilchenstrauß durch das Abteilfenster. Fahrkarte und gepresst-getrockneten Strauß hob Vater Bötticher auf. Als der starb, erbte Ringelnatz gerührt dieses Erinnerungsstück. Heute befindet sich die Devotionalie im Wurzener Museum.

Heißhunger

Das Essen auf dem Schiff war so schlecht, dass es niemand aß. Nur Wein gab es reichlich, so viel, dass man sich sogar damit wusch. Es war ein französisches Schiff.

Es brachte den Schiffsjungen Ringelnatz und mehrere Matrosen nach Le Havre, wo sie das eiserne Vollschiff »Elli« besteigen sollten. Die »Elli« stellte sich allerdings als kleines, hölzernes Segelschiff heraus.

Die neue Mannschaft meldete sich beim Kapitän. Der Hunger trieb Ringelnatz gleich wieder vom Schiff. Er suchte einen Wurstladen, fand aber keinen. So kaufte er sich ein Stück Schweizer Käse, halb so groß wie sein Kopf. Sein Hunger war noch größer als das Käsestück, das er gleich auf offener Straße verspeiste.

Über den Durst

Bei einem weiteren Landgang in Le Havre trank Ringelnatz viel Wein, geriet dann im »Café Anglais« erstmals unter Damen des horizontalen Gewerbes, wobei es allerdings nur zum Tausch zweier Taschentücher kam und nicht zum Austausch von Körperflüssigkeiten. Krakeelend suchte er den Weg zum Schiff zurück. Ein Mann bot ihm seine Ehefrau für wenige Franc an. Ringelnatz torkelte weiter und verstärkte das Torkeln durch Dazugießen weiteren Alkohols. Eine halbe Stunde vor Dienstbeginn, um fünf Uhr früh, brachte ihn die Polizei auf das Schiff. Um das Geld, das er nicht versoffen hatte, war er von verschiedenen Seiten erleichtert worden.

Tierliebe

Auf Befehl warf Ringelnatz die verrückt gewordene Bordkatze über die Reling. Als Ersatz sollte er einen streunenden Hund einfangen. Er bereute den Fang sehr, musste er doch zusehen, wie das Tier von der gesamten Mannschaft, besonders aber vom Bootsmann, gequält wurde. Und er musste mit Schaufel und Besen auf Hundewürstchensuche gehen, sobald des Kapitäns Ruf erschallte: »Zigarre an Deck!«

Seefahrerromantik

Das Leben an Bord war desillusionierend. Ringelnatz wurde täglich vom Bootsmann oder vom Steuermann geschlagen, oft genug von beiden. Wegen seines sächsischen Dialektes hänselte ihn die Mannschaft unentwegt. Sagte er aus alter Gewohnheit Dankeschön, bekam er vom Steuermann zurück: »Ach was, altes Aas, Dankeschön gibt's nicht zur See.«

Nettigkeiten

Der Kapitän der Bark »Elli« war Ostfriese und ein starker Trinker. Als er im Suff die Lampe in der Kapitänskajüte zerbrach, tobte er gegen den unschuldigen Schiffsjungen Ringelnatz, der sich in Sicherheit bringen musste. Auch in bester aller Kapitänslaunen musste sich Ringelnatz Koseworte wie Specht – wegen seiner ausgeprägten Nase –, Nasenkönig, Bengel oder gar Totenkopf gefallen lassen.

Menschenliebe

Eine ermüdete Schwalbe hatte sich in seine Kajüte geflüchtet. Ringelnatz fing sie, um sie zu töten und auszustopfen. Als er dem Vogel die Kehle zupresste, sah er in die Augen des Tieres. Er bekam Mitleid, bettete die Schwalbe in ein Wergnest. Der Vogel erholte sich, flog eines Tages davon.

Frohkost

Das Essen war so schlecht, dass die Matrosen beim Kapitän vorstellig wurden: »Captain, son Negerfraß kann man doch nicht fretten!« Als Folge der Beschwerde gab es kein warmes Frühstück mehr. Alle beschimpften den Koch, bis hinunter zum zweiten Schiffsjungen, dem der Koch aus Rache zwei blutende Wunden mit dem Schüreisen schlug.

Der Kapitän meinte zu Ringelnatz, man müsse recht rohe Kost essen, das sei gesund. Da es sich nicht um Rohkost handelte, kann der Kapitän nur gemeint haben: Friss alles!

Verbotene Schriften

Der Kapitän hatte Ringelnatz verboten, Tagebuch zu führen. Ringelnatz riss die Seiten aus dem grünen Pappumschlag, legte altes Papier hinein und warf das »Tagebuch« im Beisein des Kapitäns über Bord. Heimlich schrieb er in seiner Kajüte weiter. Unter anderem notierte er, während des Abendessens vom Kapitän in Algebra examiniert worden zu sein. Es stellte sich heraus, dass beide mit Nichtwissen glänzten.

Postkarten Meer

In der Nähe von Martinique warf Ringelnatz eine Flaschenpost mit einem Brief an seinen Vater ins Meer. Es war nicht die erste. Diese trieb an der Insel

Barbuda an, wurde dem dortigen Inselbürgermeister gebracht, der den Brief mit einem freundlichen Begleitschreiben nach Leipzig schickte. Es blieb der einzige Brief nach Hause, der einen Teil der Reise auf seemännische Art hinter sich gebracht hatte.

Geistvoller Tausch

Im südamerikanischen Belize angekommen, sichtete die Mannschaft einen »Bumbootsmann«, der mit frischem Brot und Früchten, Fleisch und Tabak längsseits kam. Ringelnatz merkte schnell, dass der Eingeborene einen starken Hang zu Spirituosen hatte. Er wusste, wo die Kognakflasche des Kapitäns stand, und kam so sehr preiswert zu Früchten und seinem geliebten Tabak.

Zum Schaden den Spott

Ringelnatz hatte weiter Tagebuch geschrieben, was dem Kapitän nicht verborgen blieb. So erfuhr er, dass Ringelnatz vom Schiff fliehen wollte. Der fasste sich schließlich ein Herz und bat den Kapitän, abmustern zu dürfen. Daraufhin wurde er zum Decksjungen degradiert, und es begann seine eigentliche Leidenszeit an Bord. Er musste die schmutzigsten Arbeiten verrichten, unter anderem Rost von Anker und Ankerkette klopfen, so dass sich der schmutzige Staub in seine Lunge fraß. Er floh vom Schiff, ein Kopfgeld wurde auf ihn ausgesetzt und er aufgegriffen. Weil er so aufmüpfig war und nach der Flucht alle seine Sachen den Besitzer gewechselt hatten, verspottete man ihn an Bord dann als »Störtebeker«.

Arche Noah

Ringelnatz listete die Tiere an Bord auf: Papageien, Sonnenvögel, Ameisenbär, Katzen – dem Kapitän gehörend; ein Krokodil – dem Steuermann gehörend; Ratten, Skorpione, Kakerlaken, Maden, Ameisen und Moskitos in großer Menge – Allgemeingut.

Gerechtigkeit

Ringelnatz wurde vom Steuermann mit Fäusten, dicken Seilen oder der neunschwänzigen Katze geschlagen, sogar mit Füßen getreten. Eines Tages schlug ihn der Steuermann mit einer Eisenstange, weil er den Deckel des Brotfasses nicht richtig verschlossen habe, so dass es als Katzenklo benutzt worden war. Schuld war aber der zweite Schiffsjunge. Als das herauskam, wurde nun der als eine Art Entschuldigung bei Ringelnatz vom Steuermann mit ebenso eiserner Strenge verdroschen.

Entkommen

Ringelnatz musterte von der »Elli« ab. Als das Schiffsjungentagebuch als Buch erschien, bekam es eine Reklamebauchbinde. Darauf war eine Zeitungsnotiz vom 16. November 1911 abgedruckt. Aus der Nachricht ging hervor, dass man Teile des Schoners »Elli« aufgefischt habe, was zu der Schlussfolgerung führe, dass die »Elli« mitsamt Besatzung in der Nordsee untergegangen sei.

Zielvorgaben

Eine neue Heuer fand sich trotz vieler Bemühungen nicht. Ringelnatz musste wieder in die Schiffsjungenherberge. Dort wohnte auch Rienchen, ein Sachse wie Ringelnatz. Rienchen saß heulend über einem Brief. Nach mehrfachen Nachfragen offenbarte Rienchen, dass er bald wieder heim müsse, weil Mutter und Schwester gestorben seien. Ringelnatz fand tröstende Worte. Bald aber bekam er mit, dass alles gelogen war. Wenn Rienchen wieder auf Mitleidstour gehen wollte, legten ihm Ringelnatz und die anderen Jungen Messer, Revolver und Stricke hin, damit er endlich seines Lebens Plage beende.

Seemannslos

Ohne Arbeit, ohne ausreichend Geld, obwohl die Eltern oft Rechnungen bezahlten, wusste Ringelnatz nicht weiter. Er nahm Arbeit in einer Schlangenbude auf dem Hamburger Jahrmarkt an. Fünf Männer in Matrosenanzügen trugen eine Boa constrictor herein. Ringelnatz war der einzige wirkliche Seemann. Er durfte als Kleinster den Schwanz der Schlange tragen.

Durchs Leben schlängeln

Die Arbeit in »Malferteiners Schlangenbude« war kein Zuckerschlecken. Ringelnatz musste um sechs Uhr aufstehen, um die großen Wasserkessel anzuheizen, damit die Tiere die Vorführung im Winter in halbwegs tropischem Wasser überlebten. Außerdem mussten Wärmflaschen gefüllt und unter jeden Schlangenkasten eine, unter die Riesenschlange drei gelegt werden. Ringelnatz hatte die besondere Aufgabe, vor Beginn der Vorstellung das Schild mit der Aufschrift »Heute nur 10 Pf.« anzunageln. Er musste es jeden Tag aufs Neue anbringen.

Gelernt ist gelernt

Ein Pelikan gehörte zu der Tierschau. Der war sehr alt. Wenn ihm Ringelnatz während der Schau einen Fisch zuwarf, fing der Pelikan den zwar auf, klatschte aber regelmäßig aus Altersschwäche zu Boden.

Wie's kommt, wird's genommen

Ringelnatz schnorrte Trinkgelder. Einen Besucher der Schlangenbude fragte er nach Zigarren, aber der zeigte entschuldigend eine Schachtel Zigaretten vor, zudem nur halbvoll. Unverfroren griff sich Ringelnatz die Schachtel, ließ sie in seiner Matrosenbluse verschwinden und bedankte sich herzlich bei dem verblüfften Besucher.

Eine Weihnachtsgeschichte

Weil er angeblich wieder auf einem Schiff anheuern könne, gab Ringelnatz die Arbeit in »Malferteiners Schlangenbude« auf. Aber der Heuerbaas hatte ihn belogen. Ohne Arbeit war Ringelnatz bald ganz ohne Geld und auch ohne Obdach. Ab und zu kam etwas Geld von zu Hause, auch einmal ein Weihnachtspaket, das aber schon Tage vor dem Fest leer gegessen wurde. Heiligabend lief er hungernd und frierend durch die reichen Stadtviertel Hamburgs, immer in der Hoffnung, ein Reicher würde ihn in sein Haus bitten. An die Eltern schrieb er, dass er Weihnachten genüsslich die Gaben verputzt und mit Freunden auf das Wohl der Lieben daheim angestoßen habe.

Versprechen brechen

Nachts streunte Ringelnatz in Begleitung eines ebenfalls arbeitslosen Schiffsjungen durch Hamburg. Man versprach sich gegenseitig, wer zuerst eine Stellung bekäme, würde den anderen reichlich mit Brot oder noch begehrteren Dingen versorgen. Als der andere anheuerte, wartete Ringelnatz am vereinbarten Poller am Kai. Er sah seinen Freund nie wieder.

Anhänger

Ringelnatz fuhr dann auf verschiedenen Schiffen. Landgänge unternahm er am liebsten allein, um andere Wege zu gehen als seine Schiffskameraden. Immer schlecht bei Kasse, hängte er sich an fremde Kapitäne und Steuerleute, die den gebildeten und frechen Ringelnatz gern mitnahmen. In einem Bordell kauften die potenten Herren alle Nichtseemänner hinaus. Ringelnatz notierte weltmännisch in sein Tagebuch: »Mädchen im Alter von 10 – 60 Jahren, zunächst Tanz wie auf mondänem Ball, dann wählte man sachlich.«

Verärgert

Auf einem russischen Gaffelschoner fand Ringelnatz eine Stellung als Leichtmatrose. Der Steuermann, ein großer, grober Kerl, schikanierte Ringelnatz, wo er nur konnte. Einmal rutschte der Steuermann von einem Laufbrett ab und war am Ertrinken. Ringelnatz sprang hinterdrein, hielt ihn über Wasser, bis ein Boot beide auffischte. Als der Steuermann wieder bei Bewusstsein war, bedankte er sich bei Ringelnatz mit einer knallharten Ohrfeige.

Auf und ab

Der russische Kapitän hatte Ringelnatz nicht schriftlich angemustert. Als Ringelnatz drohte, bei nächster Gelegenheit in England von Bord zu gehen, schimpfte der Kapitän ihn Schwein, verfluchtes Schwein, Hundeschwein.

Ringelnatz schlief, das Schiff lief aus, er konnte gerade noch von Bord springen. Seine Seefahrerausrüstung blieb an Bord.

Auf einen Tipp hin wandte er sich an einen Schwarzen namens Phillipps. Der ließ ihn übernachten, gab ihm neue Ausrüstung und Geld. Ringelnatz war sehr gerührt und setzte auf verschiedene Papiere seine Unterschrift.

Er heuerte auf einem Fischdampfer an, wollte dann aber wieder auf ein Segelschiff. Als er seine Heuer abholen wollte, zeigte der Mann am Auszahlungsschalter eines der unterschriebenen Papiere: Ringelnatz hatte seinen gesamten Lohn an Phillipps abgetreten.

Haus-Meister

Völlig mittellos versuchte Ringelnatz zweimal als blinder Passagier weiterzukommen. Er wurde entdeckt. Durch einen glücklichen Zufall fand er Anstellung im »Boarding House Bloom«, einer Seefahrerpension. Er kochte für die Familie und die Heimgäste, betätigte sich als Ziegen-Melker, fütterte Herrn

Blooms Brieftauben. Eines Morgens verschlief er, rannte in die Küche, schlug wie sonst auch die Klappe vom gerade angeheizten Ofen zu, in dessen Röhre sich allerdings die Hauskatze aufwärmte, verließ das Haus, die Morgeneinkäufe zu erledigen. Als er zurückkam, war die Küche voller Rauch und Gestank und die Katze gebacken.

Ungleicher Geschmack

Ringelnatz wurde Leichtmatrose auf der »Columbia«, dem größten Passagierdampfer der »Hapag«. Manchmal stiegen Passagiere aus der Luxusklasse neugierig ins Mannschaftslogis hinab. Für tüchtig Seemannsgarn gab es Trinkgeld oder eine Zigarre. So wie den Seeleuten diese Zigarre schmeckte, notierte Ringelnatz, so schmeckte sie den Luxusreisenden niemals.

Unter Strom

Ein Passagier bat einmal um Ölzeug gegen den Regen. Ringelnatz ließ ihn das Zeug selbst vom Nagel nehmen, der zufällig Kontakt mit der elektrischen Leitung hinter der Wand hatte. Der Passagier bekam einen heftigen Stromschlag. Ringelnatz flunkerte, dies sei so üblich, um das Ölzeug vor Ratten zu schützen. Für diese erstaunliche Geschichte gab es ein sehr befriedigendes Trinkgeld.

Hilfsbereit

In New York nahm Ringelnatz bei einem Landgang Post der Mannschaft mit. Um einen Passagier zu beeindrucken, schrieb er auf alle Karten schweinische Bemerkungen – ohne zu schauen, ob die Post an Kinder, Bräute oder Eltern adressiert war.

Kunst wirkt

Auf dem Handelsdampfer »Numidia« fuhr Ringelnatz gen Südamerika erstmals über den Äquator, wobei er kräftig getauft wurde. An Bord fanden sich ein paar Seeleute zu einer Musikkapelle zusammen, die auch ein Lied spielte, das Ringelnatz getextet hatte. Es karikierte frech-fröhlich die vielen Sonderlinge auf dem Dampfer. Besonders verspottet wurde ein Kochsmaat, der sich deswegen ertränken wollte.

Sorglose Versorgung

Auf der »Numidia« durfte Ringelnatz das Amt des Küpers übernehmen. Er hatte den Proviantraum voller wunderbarer Überlebensmittel zu verwalten. Ein Provianttraum! Heimlich schwelgte er, ließ aber auch andere gern daran teilhaben. Einmal fand man ihn schlafend zwischen einem Fass Rotwein und einem Fass Kümmel. An beiden Fässern waren die Hähne geöffnet. Die wertvollen Flüssigkeiten verplätscherten. Mit der Küperschaft war es vorbei.

Versteigert

In Buenos Aires geriet Ringelnatz in eine Auktion. Er machte sich den Spaß, Portugiesisch radebrechend, irgendwelche Zahlen dazwischenzurufen. Etwas verblüfft musste er zur Kenntnis nehmen, dass er Damenschirme und seidene Tücher ersteigert hatte. Er verdrückte sich, zum Zahlen zu arm, unter zahlreichen Beschimpfungen.

Souvenirs, Souvenirs

Auf Madeira kaufte Ringelnatz Korallen, gewann bei einem Boxkampf mit einem Einheimischen eine Tasche aus Fruchtkernen und kaufte zwei große Bündel Bananen, ein drittes stahl er. Weil die Bananen hängend transportiert werden mussten, nutzte er seine Koje bis Hamburg als Bananenkeller. Er selbst schlief, oft bibbernd, an Deck. Es gab nichts Schöneres für ihn, als Angehörigen oder Freunden von weiten Reisen etwas mitzubringen.

Große Fahrt

Mit einem Freund heuerte er auf einem Schiff an, das über Genua nach San Francisco gehen sollte. Sie stritten sich mit dem Kapitän und musterten bereits in Stettin wieder ab. Von dort aus wollten sie nach Hamburg zurücklaufen. Die Wanderschaft endete mit Blasen an den Füßen in der Uckermark. Man logierte auf Pump, sandte der Verwandtschaft Bettelbriefe. Die Pflegemutter des Freundes erbarmte sich, und die Jungen fuhren per Bahn. Nach zehn Tagen waren sie von großer Fahrt aus »Frisco« zurück.

Sehschlecht-Gesetz

Ringelnatz schrieb, er sei zur See gefahren, um Fernes, Wildes und Konträres zu erleben. Aber da er es zumeist mit ungehobelten, wenig gebildeten und oft sehr gewalttätigen Männern zu tun hatte, war ihm die See bald verleidet. 1903 erließ man ein Gesetz, dass jeder Seemann gute Augen haben müsse. Ringelnatz erschien dieses Gesetz als Wink des Schicksals. Im Juli wurde er von der Berufsgenossenschaft gezwungen, den maritimen Dienst zu quittieren. Ohne diesen Paragrafen hätte es den Dichter Ringelnatz vielleicht nie gegeben.

Weggelobt

Zunächst versuchte Ringelnatz aber erst einmal, Handelskaufmann zu werden. Vater Bötticher empfahl seinen Sohn dem Hamburger Kaufmann Ristelhüber. In den wenigen Wochen dort richtete Ringelnatz durch Ungeschicklichkeit viel Schaden an. Herr Ristelhüber beteuerte allerdings unentwegt, Ringelnatz habe alles ausgezeichnet gemacht. Ein paar Wochen später vermittelte er ihm aber lieber wieder eine Stellung an Bord.

Feine Gesellschaft

Einmal wurde Ringelnatz von seinem Chef zu einer privaten Feier in dessen Wohnung eingeladen und einem Briefträger vorgestellt. Ringelnatz wunderte sich, dass außer ihm so einfache Menschen wie ein Briefträger geladen waren, redete mit dem Herrn bemüht volkstümlich. Der Mann entpuppte sich dann als Oberpostdirektor oder noch Höheres.

Bei dieser Feier aß Ringelnatz erstmals Kaviar. Da er nicht wusste, was das ist, langte er mit großem Löffel zu.

Der Animateur

Da er wegen seiner Augen eigentlich nicht beschäftigt werden durfte, nahm man Ringelnatz als überzähligen Matrosen ohne Heuer. Die Mannschaft verachtete Ringelnatz, der ohne Bezahlung fuhr, wurde aber freundlicher, als man sah, dass Ringelnatz seine Arbeit verstand. In der knappen Freizeit unterhielt Ringelnatz die Seeleute mit Messerwerfen und Fakirtricks – er kaute Glas und Kohle.

Vollends gewonnen hatte er, als er ein Gedicht über die Schlauchspritzwut des zweiten Steuermanns schrieb und das Ganze auch illustrierte. Das Blatt hängte man heimlich im Klo auf, wo es die Männer bei jedem Notdurftgang erheiterte.

Feuchte Socken

Nach endgültiger Abmusterung und einem zweiten kurzen Intermezzo im Handelskontor des Herrn Ristelhüber musste sich Ringelnatz bei der Armee melden. Er wurde Einjährig-Freiwilliger bei der Ersten Matrosendivision in Kiel. Als Weckruf spielten Tambour und Spielmann »Freut euch des Lebens!«

Ringelnatz war der Kleinste der Truppe und musste mit dem Längsten – abkommandiert waren die Flügelleute der angetretenen Formation – die Pisskübel vier Etagen hinab in den Hof tragen. Dies nicht nur einmal. Die Sache ging nie mit trockenen Strümpfen ab.

Im Krieg

Ringelnatz tat Dienst auf dem Torpedoversuchsschiff »Nymphe«. Der Erste Offizier befahl die Mannschaft zum Abhärten an Deck: »Alle Mann antreten zum Durchfrieren auf der Back.« Ringelnatz notierte: Nicht ganz richtig im Kopf.

Gefallsucht

Bei einem Landungsmanöver bei Wismar mussten die einfachen Soldaten die Offiziere huckepack an Land tragen. Ringelnatz erbot sich, einen Oberleutnant zu tragen, den die Mannschaft nicht leiden konnte, weil er beim Erscheinen Vorgesetzter widerlich buckelte. Ringelnatz richtete es so ein, dass er rechtzeitig vor Erreichen des Ufers samt seinem Huckgepackten stolperte.

Reingelegt

An seine Schwester Ottilie schrieb Ringelnatz eine Geburtstagskarte. Darauf bat er um Entschuldigung, dass er aus Geldmangel kein Geburtstagsgeschenk schicken könne. Aber innig würde an sie denken der »marinierte» Bruder aus Kiel.

Wanderfisch

Einmal fand Ringelnatz beim Aufwachen eine tote Flunder in seiner Hängematte. Er machte keinen Radau, sondern legte den toten Fisch einfach in die nächste Hängematte. Acht Tage später kam es zu einem lautstarken Gezeter. Ein Matrose hatte die halbverweste Flunder in seiner Schlafgelegenheit gefunden.

Alter Sack

Aus einer Zeitungsnotiz erfuhr Ringelnatz, dass man ihn als Eigentümer des Seesacks suchte, der bei der überstürzten Flucht von dem russischen Schiff dort geblieben war. Ringelnatz wusste, dass der Seesack gute Kleidung und seemännische Gegenstände enthielt, schrieb der Polizei und bat, den Seesack an

Heuerbaas Krahl in Hamburg auszuliefern. Der wiederum sandte den Sack an Ringelnatzens Eltern. Die Mutter schrieb empört, ihr sei ein abscheulicher Sack zugesandt worden, sie habe viel Geld bezahlen müssen und im Seesack nur entsetzliche Lumpen und stinkenden Abfall gefunden.

Heute ist der Seesack ein wunderbares Ausstellungsstück im Wurzener Museum.

Schritt für Schritt

Im Januar 1905 wurde er als Bootsmannsmaat entlassen und ging in die Kaufmannslehre bei der Hamburger Dachpappenfirma »Ruberoid«. Die Lehrlinge bekamen kein Geld, so musste der Vater wieder welches schicken. Das ermöglichte Ringelnatz aber den abendlichen Besuch einer Handelsschule, wo er Willy Telschow, den Lehrling einer Kaffeefirma kennenlernte. Gemeinsam gingen sie zur Tanzstunde. Nach Abschluss des Kurses drängten sie, meist uneingeladen, in alle Bälle. Ringelnatz fiel immer auf, denn er hatte den Walzerschritt nie begriffen und behalf sich mit höchst kuriosen Sprüngen.

Verschlafen

Ringelnatzens Bruder Wolfgang hatte »auf Inschennör« studiert. Er zog nach Lüneburg, um in der Heide nach Kali zu bohren. Ringelnatz zog bei ihm ein. Sie führten ein flottes Junggesellenleben. Der ältere, gut bezahlte Bruder übernahm die Wirtshausrechnungen. Um sich zu bedanken, brachte Ringelnatz ein Hamburger Mädchen mit. Wolfgang schlief aber schon und nahm zu Ringelnatzens Ärger das Geschenk nicht an.

Schöne Aussichten

Im Januar 1907 ging Ringelnatz als »Ruberoid«-Handelsgehilfe nach Leipzig, um Reisender in Sachen »Ruberoid« zu werden. Zunächst aber bekam er beim Firmenvertreter Kirchner ein Bürozimmer mit Ausblick auf ein Fenster mit durchsichtiger Gardine, hinter der sich oft eine schöne Dame an- oder auszog.

Vorsichtshalber

Ringelnatz wohnte in seiner Heimatstadt nicht bei seinen Eltern. Er wollte ungestört malen und dichten und vor allem mit Freunden und holden Weiblichkeiten feiern. Einige lustige Anekdoten aus dieser Zeit musste er aus Rücksichtnahme, wie er bemerkte, leider in seinen Veröffentlichungen unterdrücken.

Studiosus kurzius

Mit seiner Immatrikulation an der Leipziger Universität erfüllte sich Ringelnatz einen Herzenswunsch. Sein Vater fragte ihn freundlich, wie er das teure Studium bezahlen wolle und wozu es dienlich sein solle. Der Rektor Georg Rietschel, ein Verwandter der Böttichers, machte die Einschreibung rückgängig. Der frischgebackene Ex-Student Ringelnatz weinte damals in der Straßenbahn dicke Tränen.

Handel

Ringelnatz wünschte sich weg. Er wurde nach Frankfurt versetzt, wo er ein kleines, freundliches Zimmer in der Eschenheimer Gasse bezog. Am Ende der Gasse betrieben zwei verrufene Mädchen einen Tabakladen. Sie hatten nie Geld und Tabakwaren waren in dem Tabakladen Mangelware. Ringelnatz besuchte die Mädchen oft und brachte ein paar Zigarren zum Verkaufen mit.

Der falsche Kalif

Ringelnatzens Freund Telschow arbeitete für die Sektfirma Mattheus Müller in Eltville. Die örtliche Nähe führte auch wieder zur Pflege der Freundschaft mittels einiger Flaschen und deftiger Scherze. So flüsterten Telschow und ein dritter Kommis namens Krämer der Eltviller Lokalpresse, der Kalif von Bagdad käme.

Am 14. Juni 1908 fuhr Ringelnatz vierter Klasse nach Wiesbaden, schminkte sich im Bahnhofswaschraum mit Indianerbraun, setzte einen Turban aus Windeln auf, von dem ein Stück violetter Seide herabflatterte. Dazu weiße Glacéhandschuhe. Er steckte einen pfenniggroßen »echten« Diamantring an und an seine Jacke viele Medaillen. »Das ist das türkische Großkreuz«, sagte jemand auf dem Bahnsteig – es war das Abzeichen vom Münchner Kindl.

Der falsche Kalif fuhr erster Klasse bis Eltville, wo auf dem Bahnhof fast die Gesamtbevölkerung der Stadt versammelt war. Krämer öffnete dienernd die Coupé-Tür. Telschow überreichte einen Blumenstrauß und hielt eine Ansprache. Der Kalif dankte in Kauderwelsch. Ein Vater ohrfeigte seine Töchter, die darüber lachten. Kalif und Begleitung bestiegen eine Mietequipage.

Der Tag war heiß und das Indianerbraun griff schon auf den Kragen über. Die Menge machte neugierig-ehrfürchtig Platz.

In Telschows Wohnung feierte man bei Sekt, nachdem sich Ringelnatz ungefähr zwanzigmal abgeschminkt hatte. Ringelnatz schrieb den Eltvillern ein leicht spöttisches Gedicht, das so endet: Man braucht sich nur ein wenig dunkel, um euch mal etwas weiszumachen.

Fahrender Sänger

Wieder packte ihn das Fernweh. Ringelnatz kündigte seine Stellung, um nach England zu reisen, hatte aber kein Geld. Als wandernder Musikant wollte er bis Holland, von dort aus per Dampfer weiter. Er spielte kindlich-dilettantisch fünf Lieder auf der Mandoline und sang dazu. Die Zuhörer spendeten reichlich Essen, Trinken und Kleingeld, manchmal aus Freude, manchmal aus Mitleid – oft aus Ruhebedürfnis.

Klassenunterschied

In Rotterdam wollte er ein Dampferbillet zweiter Klasse nach Hull kaufen. Der Beamte sagte, Einreise nach England sei nur erlaubt, wenn man mindestens 100 Mark Barschaft nachweisen könne. Ringelnatz konnte nicht. Der Beamte war freundlich und gab einen Tipp: Besser gekleidet sei die Reise erster Klasse ohne sonstige Bedingungen möglich. Ringelnatz schrubbte sich, als sei er in Tinte gefallen, ließ sich rasieren und frisieren, zog frische Wäsche an und den Gehrock – und schiffte sich erster Klasse nach Hull ein.

Zeitungsjunge

Arbeit suchte er dort vergeblich. Also erstand er für zwei Penny sechs Exemplare der Zeitung »Daily Mail« und lief marktschreierisch durch die Straßen. Er ahmte den Dialekt der Zeitungsjungen nach. Die Leute lachten darüber und kauften die Zeitungen. Für das Geld kaufte er noch mehr Zeitungen und verkaufte auch diese. Diese Tätigkeit wiederholte er mit wachsendem Gewinn.

Trotz dieses kleinen Erfolges konnte Ringelnatz in Hull nicht Fuß fassen. Ein deutscher Pastor verhalf ihm zu einer freien Überfahrt nach Antwerpen. Dort erging es Ringelnatz noch schlechter als in Hull. Er war darauf gefasst, notierte er im Tagebuch, wie ein verstoßener Hund zu verrecken, rappelte sich auf, bat auch dort einen deutschen Pastor um Hilfe. Der schrieb einen Brief, Ringelnatz gab diesen an der angegebenen Adresse ab – und landete im Gefängnis. Nach zermürbenden Wartetagen und grober Behandlung wurde Ringelnatz nach Deutschland abgeschoben. Allen schlechten Zeiten zum Trotz schrieb Ringelnatz, diese Reise nach Hull habe ihn aus dem bösen Alltag des gleichbleibenden, geborgenen Sattwerdens herausgerissen.

Chefsache

Ringelnatz zog es nach München. Telschow arbeitete dort, was zum gemeinsamen Leeren weiterer Flaschen Sekt führte. Ringelnatz schrieb satirische Gedichte für das Revolverblatt »Grobian«, doch die Honorare blieben aus. Er suchte die Redaktion. In einer Hinterhofbaracke stand ein Arbeiter, der fleißig druckte und sich auf Nachfrage als Chefredakteur entpuppte. Ringelnatz fragte nach Honorar. Der druckende Chefredakteur drückte ihm verachtungsvoll fünf Mark in die Hand. Damit hatte es sich.

Richtig bewerben

Ringelnatz trat dem Handelsgehilfen-Verein bei und bewarb sich um eine kaufmännische Stellung. Ein Fragebogen musste ausgefüllt werden. Er trug akribisch ein, was er konnte und was nicht. Telschow zerriss das Papier, weil man das so nicht ausfülle. Im neuen Formular konnte Ringelnatz so ziemlich alles. So wurde er Buchhalter eines Reisebüros und fast umgehend wegen Unfähigkeit wieder gekündigt.

Flexibel

Einmal sei der Chef hereingekommen und habe einen Kollegen schlafend angetroffen. Er habe getobt und den Angestellten sofort entlassen wollen. Ringelnatz, gefragt, ob er die Arbeit übernehmen könne, soll geantwortet haben: »Aber sicher, Herr Direktor, im Notfall könnte ich Schlaftabletten nehmen.«

Boheme

Mit Telschow traute sich Ringelnatz erstmals nachmittags in die Künstlerkneipe »Simplicissimus« in München-Schwabing. Das Lokal war leer. Aufgefordert, es doch abends zu versuchen, fanden sie den Laden proppevoll. Die Wirtin Kathi Kobus begrüßte alle Gäste gleich mit »Du«. Ringelnatz ging dann jeden Abend hin und arbeitete sich in einem schmalen Gang langsam bis ins Künstlerzimmer vor.

Hier rezitierte ein Mann mit strubbeligen, schwarzen Haaren, wildem Vollbart und feinen Händen: »War einmal ein Revoluzzer ...« Ringelnatz fragte, wer das sei, und bekam zur Antwort, wer diesen Herrn nicht kenne, müsse sich schämen.

Der Vortragende war Erich Mühsam. Ringelnatz schämte sich wirklich.

Heimatstube

Der »Simplicissimus« war die In-Kneipe der Münchner Boheme. Kathi Kobus – eine repräsentative, von Männern und Frauen geliebte Perückenträgerin von Mitte Fünfzig, die auch schon mal eigenhändig betrunkene Studenten an die frische Luft beförderte – war Kellnerin gewesen und hatte auf Drängen der Künstlerschaft ein eigenes Lokal eröffnet. Berühmte Künstler wie Frank Wedekind, weitere Maler, Dichter, Schauspieler, die erst später zu Größen der Kleinkunst und anderer Künste heranwuchsen, verkehrten im »Simpl«, bezahlten mit Bildern oder sangen und rezitierten, zumeist für Essen und Trinken als Honorar. Ringelnatz träumte davon, in den Kreis dieser Leute aufgenommen zu werden. Zunächst saß er nur selig Abend für Abend dort und gab all sein Geld aus.

Die richtigen Worte

Ringelnatz lauschte Erich Mühsam und Ludwig Scharf, über die ein Bonmot kursierte: Scharf dichtet mühsam und Mühsam dichtet scharf. Auf Kathi Kobus' Bitte traten Herren oder Damen auf das Podium. Applaus, Dakaporufe und Lachen! Ringelnatz fragte, ob er auch dürfe. Er durfte. Er trug lyrische, etwas ernste Gedichte vor und einen klassischen Misserfolg davon. Zweimal. Dann besann er sich aufs Humoristische und schrieb den »Simplicissimustraum« über Kathi und ihre Kneipe. Das Publikum raste. Ab sofort saß Ringelnatz am ersehnten Künstlertisch.

Blöder Hund

Die »Simplicissimus«-Wirtin hatte sich nicht nur den Namen ihrer Bohème-Kneipe von der gleichnamigen Satire-Zeitschrift geborgt, sondern auch den vom Karikaturisten Thomas Theodor Heine gezeichneten roten Hund, der jedoch für den »Simpl« nicht an einer Kette, sondern an einer Sektflasche herumbiss. Ringelnatz meinte, dieses Hauszeichen sei sinnlos, denn der Hund wolle die Flasche ja nie öffnen und leeren – er sei wasserscheu.

Den Sponsor erfreuen

Manchmal wurden die Künstler von Gästen freigehalten. Ein Vertreter von »Geldermann und Deutz« hatte Interesse an einer langen Sekt-Rechnung. Ringelnatz half gern. Alle halfen mit. Der Sekt floss in Strömen, bis die Versammlung kaum noch konnte. Ringelnatz trug zwei Flaschen in die Küche, aber Köchin und Küchenmädchen waren schon randvoll. In tiefer Dankbarkeit dichtete Ringelnatz: Hast du einmal viel Leid und Kreuz, dann trinke Geldermann und Deutz – und ist dir wieder besser dann, dann trinke Deutz und Geldermann.

Geldfluss

Von einem Schweizer Gast bekam Ringelnatz ein Geldstück in die Hand gedrückt und steckte es dankend in die Hosentasche. Er ging dann vorsichtshalber auf die Toilette, um sich gefahrlos vom Wert des Geschenks zu überzeugen: Ein goldenes Hundertfrankenstück! Er war gerührt und leistete den heiligen Schwur, die Münze als Andenken zu behalten. Das Andenken verflüssigte sich bereits am nächsten Tag.

Vorn dabei

Beim großen Münchner Faschingsumzug fuhr Kathi Kobus als Serenissima im Vierspänner einem großen Gefolge von Künstlern und Stammgästen voran. Ringelnatz saß im Samtanzug, bekränzt mit Lorbeer, auf dem Kutschbock und wurde als Hausdichter bejubelt. Jetzt gehörte er wirklich dazu.

Lachen

Lygia Romero, eine feurige »Spanierin«, begleitete den Moritaten-Sänger Ringelnatz auf der Drehorgel. Ringelnatz improvisierte wild und komisch, so dass Lygia vor lauter und lautem Lachen plötzlich in einer selbstgemachten Lache stand.

Verehrte Dame

Ringelnatz fand Wohnung bei einer Nenntante, die eine Frohnatur war, immer bemüht, auch andere zu erfreuen. Ringelnatz fühlte sich dort sehr wohl. Auch passten ihm Kleider der Dame genau, und er verkleidete sich oft und ging flanieren. Männer flirteten mit ihm. Einmal kehrte er mit einer Ausbeute von vierzehn Veilchensträußen heim.

Kochkunstmäzen

Gemeinsam mit Ferdinand Kahn schrieb Ringelnatz »Was Topf und Pfann' erzählen kann«. Im Café Luitpold sitzend, teilten die beiden die Arbeit auf nach dem Motto: Du nimmst die Suppe, ich nehme den Fisch, du nimmst den Braten, ich nehme das Gemüse. Ein vorbeigehender bekannter Brauereidirektor hörte das und sagte: »Ihr könnt wohl miteinander nur ein Menü essen? Nicht nötig. Ich lade euch zum Mittagessen ein.«

Austeilen

Im »Simpl« war immer etwas los. Als Mitternachtshappen gab es die begehrte Kathi-Kobus-Knödelsuppe. Bei einer der vielen Wirtshausschlägereien beobachtete Ringelnatz, wie ein Betrunkener mit der Kelle in die Terrine langte, um mit großem Vergnügen kräftig Suppe auszuteilen – er begoss hinterlistig und hinterrücks die Hosen und Röcke des gaffenden Publikums.

Liebesflecken

Das weibliche Küchenpersonal hatte einen anstrengenden Dienst, den Ringelnatz mit Scherzen und fröhlichen Worten zu erleichtern versuchte. Ein Küchenmädchen fühlte sich dadurch fälschlicherweise liebend umworben. Ringelnatz bemerkte diese

Zuneigung erst, als er eines Morgens auf dem Heimweg einen Butterklumpen und Wurst in seiner Manteltasche fand – unverpackt.

Was ist Kunst?

Ringelnatz sammelte im »Simpl« viele Künstler-Autogramme: von Wedekind, Roda Roda, von der Duncan, von Dauthendey, Reznicek, Ganghofer. Bei einem Bankett bat er Gerhart Hauptmann um eine Unterschrift, der in Ringelnatzens Album schrieb: »Kunst ist Religion.« Roda Roda schrieb auf die nächste Seite: »Kunst ist Prostitution.« Wedekind schrieb Freches und Mühsam Unanständiges. Als Ringelnatzens Vater seinen Sohn besuchte, las er das Album und schrieb etwas pikiert: »Mit brutaler Ehrlichkeit bringt's der Maler schwerlich weit.«

Tragikomik

Ein Augenzeuge der Münchner Zeit beschrieb Ringelnatzens Auftritt im Kathi-Kobus-Tempel: »Ein hagerer, bleicher Mann mit einer Adlernase bestieg das Podium. Der Mann begann Gedichte zu rezitieren. Gedichte von ihm selbst, aber von solch sprudelnder Lustigkeit, dass es mir unerklärlich war, wie ein Mensch, in dessen Zügen so viel Gram und innere Zerrissenheit lagen, überhaupt noch wissen konnte, was Heiterkeit und Lebensbejahung sei.«

Überfüllt

Kathi Kobus war bekannt dafür, dass sie trotz überfüllten Lokals immer noch Platz für weitere Gäste fand. Ringelnatz nannte sie ein Verpackungstalent. Die Chefin knauserte aber erheblich bei den Künstlerhonoraren. Auch sonst wusste sie ihren Vorteil wahrzunehmen, wenn sie zum Beispiel »noch einen Eimer Wasser« an die Bowle gießen ließ. Ringelnatz schickte einmal ein fingiertes Telegramm an den »Simpl«: »Danke für den großen Wasserverbrauch und gratuliere. Städtische Wasserleitung.« Er las es selber mit großem Erfolg vor.

Man sieht, was man will

Im »Simpl« hing – verglast und gerahmt – ein Geschenk für die Wirtin. Ringelnatz hatte seinen Blinddarm pressgetrocknet und signiert. Kathi war gerührt, bis herauskam, dass es sich bei dem Geschenk um die Haut einer Weißwurst handelte.

Kunst geht nach Brot

Auf Geheiß der Wirtin hatte Ringelnatz so ziemlich alles, was es im »Simplicissimus« gab, bedichtet. Die Texte wurden in einer kleinen Broschüre zusammengefasst, verkauft, und Hausdichter Ringelnatz bekam zehn Prozent. Der Dichter Max Halbe blätterte in dem auch von Ringelnatz so bezeichneten Machwerk und äußerte sich abfällig. Ringelnatz lernte so Versedrechseln und Dichtkunst zu unterscheiden. Später sagte er über die »Simpl«-Verse, sie seien läppisches Geschreibsel gewesen.

Schall und Rauchwaren

Ringelnatz schrieb Gedichte und Liedtexte für Vortragskünstler, für Vereine und zu festlichen Ereignissen. Er dachte sich sogar einen Namen für eine neue Kartoffelsorte aus und bekam dafür vierzig Mark. Beim sparsamen Ringelnatz stapelten sich fünfhundert Mark, mit denen er das »Tabakhaus Zum Hausdichter« in der Schellingstraße 23 eröffnete. Er gestaltete das Geschäft mit skurrilen Requisiten aus. Im Schaufenster wühlte ein Gerippe in Zigarettenschachteln und Zigarrenkisten. Das und die versammelte »Simpl«-Künstlerschaft und der Geiger vor der Tür verursachten einen Menschenauflauf, der polizeilich eingedämmt werden musste.

Fersengeld

Ein weiteres Auftragsgedicht sollte entstehen, für den Wolfratshausener Verschönerungs-Verein. Es wurde ein langes Gedicht, in dem Ringelnatz die Verschönerungsvereine nicht gerade ernst nahm. Er trug es dem Vereinsvorstand zur Probe vor. Man zahlte ihn aus und legte ihm nahe, schnellstens zu verschwinden.

Geld stinkt nicht

»Serenissimus«, eine Konkurrenzkneipe zum »Simpl«, wurde eröffnet. Ringelnatz schrieb dafür im Auftrag das Serenissimus-Lied. Honorar dreißig Mark. Leben und verdienen lassen.

Erziehungsmaßnahme

Zwei Studenten wollten Ringelnatz in seinem Tabakladen foppen. Einer verlangte zwanzig »Wapipa-Zigaretten«, eine Sorte, die es nicht gab. Ringelnatz packte zwanzig billige Blanko-Glimmstängel ein. Was dies koste, fragte der Student. Ringelnatz antwortete gespielt arrogant: »Nun, das wissen Sie doch als Kenner der Wapipa – zehn Mark!« Eingeschüchtert berappte der Student den völlig überzogenen Preis.

In Rauch aufgegangen

Manchmal war Ringelnatz ein, zwei Tage nicht im Tabakladen, schloss aber nicht ab. Nie wurde etwas gestohlen. Anfangs ging das Geschäft gut, dann weniger. Es gelang Ringelnatz nicht, den Laden wieder zu verkaufen. So verschenkte er nach und nach alles. Zu Silvester 1909 knipste Ringelnatz das Licht im Laden aus.

Ein Spion?

Im »Simpl« lernte Ringelnatz Fanjka und Wanjka, zwei junge Frauen aus Riga, kennen. Aus Wanjka wurde später die erfolgreiche Malerin Selma des Courdes. Man freundete sich an, besuchte sich, wanderte mohnblumengeschmückt, picknickte, sang, malte gemeinsam.

Einmal saß Ringelnatz bei Sonnenaufgang wieder auf der Terrasse der Frauen. Zwei Polizisten stürzten sich auf ihn: Ob er eine Waffe bei sich habe. »Ja«, sagte Ringelnatz, »einen Bleistift.« Weil er keinen Ausweis bei sich trug, wurde er kurzerhand verhaftet. Es sei eben verdächtig, dass Ringelnatz jeden Morgen so früh auf der Terrasse säße und Zettel vollschriebe.

Schwäbisches Schwabing

Im »Simpl« war dicke Luft: Einerseits verursacht von Rauchern, andererseits von der Wirtin starker Abneigung gegen die Zahlung von Künstlerhonoraren. Ringelnatz bekam die Boheme langsam satt. Seine Mutter schlug ihm vor, Schuster zu werden, und meinte damit nicht, er solle ein Hans Sachs sein – Schuhmacher und Poet dazu.

Ringelnatz schrieb und schrieb. Im Juni 1910 gleich zwei Lichtblicke: Das Kinderbuch »Kleine Wesen« erschien und die Zeitschrift »Jugend« druckte eine Geschichte. Aber die finanzielle Situation wollte sich nicht bessern. Aus Ärger lief er der »Simpl«-Wirtin davon. Die holte ihn zurück und köderte ihn mit einer Erhöhung der Abendgage – um fünfzig Pfennig.

Erfolglos

Im Juli 1910 erschien in München Ringelnatzens erster Gedichtband für Erwachsene. Der Mutter müssen die Ohren geklingelt haben, denn das Buch erschien im Hans-Sachs-Verlag. Ringelnatz widmete es seinem Vater, der darüber recht stolz war. Im Verlagsvertrag war festgelegt, dass der Verlag alle Kosten trage und Ringelnatz ab der 3. Auflage Prozente bekäme. Es kam aber zu keiner 3. Auflage.

Rückschnitt

In Oberammergau wurde Ringelnatz Zeuge einer haarigen Angelegenheit. Der Darsteller des Lazarus hatte ihn im »Simpl« zur letzten Vorstellung der Passionsfestspiele eingeladen. Am nächsten Tag klapperten überall auf den Dorfstraßen die Scheren – die Oberammergauer ließen sich in einen äußerlich ordentlichen und »unchristlichen« Zustand zurückversetzen.

Wissen ist Macht

Ringelnatz merkte immer wieder, wie ungebildet er war, und stürzte sich geradezu in Berge von Büchern, Wissen aufsaugend, ließ sich privat in Latein, Geschichte und Literaturgeschichte unterrichten. Sein Lehrer war der verarmte Baron Thilo von Seebach, mit dem ihn bald eine tiefe Freundschaft verband. Der Baron wurde oft von Gläubigern verfolgt. Einmal kamen er und Ringelnatz aus einem Lokal. Mit erhobenem Stock stürzte ein Mann auf Seebach zu. Ringelnatz hieb verteidigend mit seinem Stock auf den Kerl ein. Seebach konnte nur mit Mühe Schlimmeres verhindern, denn der Angreifer war ein Studienfreund, der in Fechterstellung grüßen wollte.

Väterliches Schulterklopfen

Ringelnatz las Weltliteratur, ging viel ins Theater, hatte Umgang mit berühmten Schriftstellern, wurde zunehmend ernst genommen und doch zu selten veröffentlicht, um davon leben zu können. Die Geschichte »Durch das Schlüsselloch meines Lebens« wurde von einer namhaften Zeitschrift abgelehnt, wenn auch mit einem ermutigenden Begleitschreiben. Ringelnatz schickte die Geschichte an Thomas Mann. Der schrieb: »Die kleine Sache ist recht artig vorgetragen.«

Der Rest vom Fest

Im »Simpl« war immer noch dicke Luft. Ringelnatz wollte weg, aber Kathi Kobus verweigerte ihm ausstehendes Honorar. Er überzeugte sie, dass er sich gesundheitlich erholen müsse. Die Wirtin gab nach und zahlte. Ringelnatz sprang aus der Tür des »Simplicissimus« überglücklich in die Freiheit und in seinen aufgespannten neuen Regenschirm.

Am 13. Juli 1944 fiel eine Bombe auf den »Simpl«. Nichts blieb übrig, außer Anekdoten.

Frisch, fröhlich, frei

Weil er sich mit seinem Freund Seebach in Kufstein verabredet hatte, der aber nicht kam, war nun freie Zeit zum freien Dichten. Aber Ringelnatz schrieb nichts, denn die Gegend war zu verlockend. Eines Nachts geriet er auf einer Bergwanderung in schweres Gewitter. Auf einem gefährlichen Weg gelangte er, teils auf allen Vieren kriechend, an eine Hütte. Kaum hoffend, um die späte Zeit dort noch Unterkunft zu finden, öffnete er die Tür. Drin saßen Leute fröhlich bei Wein und Harfenklang. Zwei riefen wie aus einem Mund: »Der Hausdichter von der Kathi!« Es wurde zur fröhlichen auch noch eine feuchtfröhliche Nacht.

Freundschaftsbeweis

In Kufstein freundete sich Ringelnatz mit dem Hilfsarbeiter Alex an. Der war nicht nur dumm und faul, sondern dazu noch Wilderer. Die beiden tranken Brüderschaft. Bei einem nächtlichen Waldspaziergang kam die Rede auf Mord. Alex blieb stehen, drückte Ringelnatz fest die Hand und sagte: »Das eine kannst du mir glauben, dass ich dich nie von hinterwärts erstechen werde.«

Unbefriedigter Voyeur

Kufstein war zu teuer. Ringelnatz bezahlte mit einem unverhofften Lottogewinn und einem noch unverhoffteren Honorar und reiste ins Zillertal, wo es acht Tage regnete. Er machte sich ein wenig an die junge Postfrau heran und schaute österreichischen Militärhengsten beim Decken der einheimischen Stuten zu. Aber die Postfrau entpuppte sich als ziemlich beschränkt, und die Hengste beendeten ihr Tun, so dass Ringelnatz feststellte, es gäbe nun keinen Bleibegrund mehr für ihn.

Aus der Hand, in die Hand

Baron von Seebach war in den Besitz einer größeren Geldsumme gekommen und wollte nach Kurland reisen, um die dort wartende Braut zu freien. Die Braut hatte auch Ringelnatz eingeladen. So fuhren die Herren – mit Zwischenaufenthalt in Berlin und Danzig – zunächst nach Riga. Hier wollte Ringelnatz warten, damit Seebach sich ungestört der Braut nähern konnte. Er stromerte am Tag durch Riga, sah hochnoble Lokale und die dazu passenden Menschen, aber auch viele zerlumpte, bettelnde Gestalten. Er selber hatte bald kein Geld mehr, auch Seebach meldete sich nicht, um ihn nachzuholen. Da hatte Ringelnatz eine Geschäftsidee. Er besuchte Bordelle – um den Mädchen dort aus der Hand zu lesen. Er wusste, was die Mädchen hören wollten. Ein paar Rubel rollten.

Zum Wohl

Ringelnatz rief auf Gut Halswigshof an, wo Seebach weilte. Der hatte schlicht Ringelnatzens Hotelnamen vergessen und deshalb nicht anrufen können. Aber Ringelnatz wurde entschädigt, denn seine Zeit auf dem Gut verbrachte er »in reicher Freiheit und süßem Nichtstun«.

Einmal wurde ein Wohltätigkeitfest arrangiert. Die Wohltaten sollten ein achtjähriges Mädchen treffen, ein Klavierwunderkind. Die Festgesellschaft glich mehr der eines Faschingsballs. Das Wunderkind spielte trotzdem sehr talentiert Mendelssohn, danach tanzten zwei finnische Mädchen einen Nationaltanz. Die Wohltäter wurden tätig und schenkten dem Wunderkind ein dressiertes Huhn.

Moderne Kunst

Die Tage verflogen mit Faulsein. Ringelnatz musste nur ab und an zur Unterhaltung beitragen. Im Park des Gutes eröffnete er ein Raritätenkabinett. Dort stellte er ein Bild aus, das er nur mit Fliegenleim gemalt hatte. Fliegen vollendeten das Bild.

Freikörperkultouristen

Einmal hatten Seebach und Ringelnatz schon mittags reichlich Schnaps genossen und meinten, sie müssten nackt den Fluss Düna durchschwimmen. Die Strömung war so stark, dass Seebach in der Flussmitte beinahe ertrank. Sie retteten sich auf ein Floß und fuhren eine Weile mit dem Flößer schwatzend mit. Wieder am Ufer stellten sie fest, dass sie viele Kilometer weit vom Gut entfernt gelandet waren. Nackt traten sie den Heimweg an – die Einkehr in einen am Wege gelegenen Gasthof inbegriffen.

Wie vom Lagerfeld

Bei den Mittagsmahlzeiten auf Halswigshof wurde auf Etikette geschaut. Zu den Familienmitgliedern und Freunden kamen noch Kurgäste hinzu. Ringelnatz trug zu jeder Mahlzeit eine andere Blume im Knopfloch, zur Abwechslung wählte er ein Kohlblatt, einen Hobelspan oder ein längliches Steinchen. Alles wegen der Etikette.

Raucher Hase

In Riga traf Ringelnatz Wanjka und Fanjka wieder. Er hatte gerade ein Honorar bekommen und kaufte Geschenke, darunter zwei Flaschen alten Ungarweins, die aber im Wiedersehensübermut beim gemeinsamen Sprung auf die Sitzbank im Zug zerbrachen und die Kleidung rückseitig nässten.

Schließlich rauchte Ringelnatz im Zug – im Nichtraucherabteil! Er wurde deshalb vom gestrengen Schaffner der Polizei übergeben. Auf der Wache stellte er sich dumm und schrieb ins Protokoll: »Ich weiß von nichts. Mein Name ist Hase.« Dann verteilte er Zigaretten. Vielmals dankend entließen ihn die Milizionäre.

Es poltert am Abend

Seebach bereitete seine Hochzeit vor. Er suchte sich eine Wohnung in Königsberg. Um Ringelnatz wurde es immer einsamer, denn auch die Kurgäste reisten ab. Es herbstelte. Tristesse! Dann der Polterabend. Ringelnatz hatte in wochenlanger Arbeit heimlich ein kleines, selbst erdachtes Theaterstückchen einstudiert. Es spielte in Seebachs neuer Wohnung. Nach des Dichters Meinung passend zum Polterabend ging im Laufe des Stückes die gesamte Wohnungseinrichtung samt Lampen, Vasen und Geschirr zu Bruch – eine Humorauffassung, die nur wenige Gäste teilten.

Schlitzaugen

Die Hochzeit wurde groß gefeiert. Der Pastor, der Seebachs verkatertes »Ja« akzeptiert hatte, brachte zum anschließenden Fest seine schlitzäugige Frau mit – von Ringelnatz in gewohnter Respektlosigkeit »die fidele Robbe« getauft –, und ein Baron Kampenhausen aus Riga lief auf dem Parkett Schlittschuh. Als die Flitterwöchner sich nach Königsberg verabschiedet hatten, verfiel Ringelnatz in so tiefe Traurigkeit, dass er bei einer Zeitschrift brieflich anfragte, ob sie bitte das beiliegende Gedicht von ihm drucken könnten und ihn für zweihundert Mark monatlich nach China schicken würden.

Verwandlungskünstler

Ringelnatz zog in Fanjkas Sommerhäuschen um. Es wurde eiskalter Winter. Über Nacht fror die Ofentür zu. Der Klodeckel ließ sich nur mit dem Beilrücken öffnen. Das Brot war wie Stein und die Butter wie Sand. Aber Ringelnatz hatte wieder kein Geld und wusste nicht wohin. Er versetzte seine Manschettenknöpfe, um als Zigeunerin verkleidet mit Fanjka und Wanjka auf ein Maskenfest zu gehen. Als Requisit hatte er einen Korb mit Zwirn, Knöpfen und Nähnadeln dabei. Auf dem Weg zum Fest verkaufte er einiges davon an lettische Arbeiter. Die hatten die Zigeunerin für echt gehalten.

Portoerhöhung

Eine Bekannte aus Eisenach, Frau Dora Kurtius, nahm Anteil an Ringelnatzens Schicksal und besorgte ihm eine Stelle als Privatbibliothekar beim Grafen Yorck von Wartenburg. Als das gräfliche Kuvert ankam, war es leer. Wanjka lachte, als sie das hörte, und riet, dem Briefträger fünfzig Kopeken zu geben, der dann auch ganz zufällig den Brief wiederfand. Auch ein zweiter Brief ging so verloren und fand sich erst auf bewährte Fünfzigkopekenweise wieder.

Von Simplicissmus zu Simplicissimus

Im Februar 1912 kam Ringelnatz auf Schloss Klein-Oels an. Alles war sehr feudal und Ringelnatz wusste zuerst nicht, wie er sich dieser Vornehmheit anpassen sollte. Seine Aufgabe war es, die mehrere tausend Bände umfassende Yorcksche Bibliothek zu katalogisieren. Als Begrüßung zog der Graf ein Buch aus dem Regal, um Ringelnatz zu examinieren. Der war hocherfreut, denn er hielt eines seiner Lieblingsbücher in der Hand: »Simplicius Simplicissimus« von Grimmelshausen – eine teure Erstausgabe.

Dumme Kuh

Ringelnatz schämte sich wegen seiner Ungebildetheit. Humanistische Bildung war des Grafen

Steckenpferd. Selbst die Kühe blieben davon nicht verschont. Sie hießen Mirabeau, Marc Aurel oder Molière. Die Zuchtbullen hießen nach griechischen Wüstlingen wie Alcibiades. Einmal fragte der Graf eine Magd, wie es Penelope gehe. Die Magd stand dummen Gesichts da, bis man ihr erklärte, es handele sich um die kranke Kuh.

»Ach, die Blesse«, sagte die Magd, »der geht's wieder gut.«

Ritzbold

Auch unter den vornehmen Leuten konnte sich Ringelnatz Schabernack nicht verkneifen. Er versteckte einige sehr wertvolle Bücher und ersetzte sie durch wertlose Bände aus eigenem Besitz. Als er und der Graf bei diesen Büchern standen, sagte Ringelnatz: »Was ist das nur für ein alter Museumskram. Man sollte all diese Inkunabeln zerreißen.« Und tat es. Entsetzt riss der Graf die Augen auf – und klappte sie erleichtert zu, als Ringelnatz die Sache aufklärte.

Entschlafene

Gab es eine größere Gesellschaft, las der Graf nach dem Abendessen gern und vor allem ausführlich vor: griechische Dramatik, Goethe, Alarcon. Gelegentlich sagte er: »Mich interessieren nur Autoren, die mindestens fünfzig Jahre tot sind.« Pech für den Bibliothekar des Grafen. Aber für den Grafen selbst auch.

Intelligänschen

Bei aller Gelehrtheit, der Graf strahlte seelische Kälte aus, und Ringelnatz ärgerte sich immer öfter, dass auch die Kinder zwar intelligent, aber kaltherzig erzogen waren. Nur die Grafentochter Daja war ihm lieb. Für sie erfand er ein sinnloses Wort: »Orotscheswenskiforrestowskiofurchtbariwucharisumaniusambaripipileikakamankabudibabalutschistaneilemamittararakandara.« Er brauchte mehrere Tage, um es zu lernen. Daja schaffte es, nach wenigen Stunden das Wort ohne Stocken aufzusagen.

Honoraritäten

Ringelnatz, immer in Geldnöten, reimte unaufgefordert Werbetexte und verschickte sie an die jeweilige Firma, zum Beispiel an Persil. Als Dank sandte man retour eine Kiste Waschpulver. Er schrieb auch Werbung über eine Automarke, wartete aber vergebens auf das Cabriolet-Geschenk. Als Trostpreis erhielt er einen Straßenatlas.

Wer nicht wirbt – stirbt!

In eine seiner Novellen »baute« er den Satz ein: »Die Remise ist mit Ruberoid gedeckt.« Heute würde man dazu product placement sagen. Er schickte die Novelle an die Firma und bat um fünfundzwanzig Mark als Gegenleistung. »Ruberoid« zahlte.

Dichterische Kuhraasche

In Eisenach besuchte Ringelnatz Frau Dora Kurtius, die hier in der Burgstraße 14 ein Mädchenpensionat für Sprachlehrerinnen betrieb. Der Dichter hospitierte im Literaturunterricht und behauptete, Goethe hätte ein sehr schönes, ernstes Gedicht mit dem Wort »Rinderbrust« geschrieben. Keine der Damen glaubte ihm. Ringelnatz rezitierte nun »An den Mond«, worin die Zeile vorkommt »... durch das Labyrinth der Brust ...« Die Mädchen kicherten, die Lehrerin war empört.

Langohrliebe

Im Pensionat verliebte sich Ringelnatz in ein kurzsichtiges Mädchen in schwarzem Samtkleid. Er nannte sie neckend Maulwurf. Die beiden verlobten sich, zunächst heimlich. Maulwurf schrieb dann aber doch an ihre Eltern. Ringelnatz reiste dem Brief hinterher und hielt um Maulwürfchens Hand an. Die Eltern lehnten ab, dieser Eselei ihren Segen zu geben. Von der Liaison blieb ein Foto, das Maulwurf und Ringelnatz auf dem Weg zur Wartburg zeigt – auf Eseln reitend.

Burgverklärer

Ringelnatz wurde als Bibliothekar auf Burg Lauenstein engagiert, mit der Bitte, auch als Burgführer zu arbeiten. Die Bibliothek bestand aus fünf Büchern. Und das Burgführerdasein wurde Ringelnatz bald langweilig, so dass er zur Improvisation überging. Mit Verweis auf ein Ruinchen sagte er: »Das ist der älteste Teil der Burg« – seine andere Hand wies dabei auf eine ältere Besucherin.

Es ging rund

Wieder in München wohnte Ringelnatz bei einem Freund, der ein großer Freund der Frauen war. Dieser Freund fuhr nach Paris und überließ Ringelnatz für eine paar Tage die Parterrewohnung ganz. Aus dem »Simpl« schleppte Ringelnatz Mädchen und Frauen ab, einmal eine englische Admiralsfrau. In ihrer Trunkenheit verwechselte sie Ringelnatz mit dem Maler Leistikow. Ringelnatz nutzte die Gelegenheit und bot an, die Dame zu porträtieren. Diese, sehr geschmeichelt, entblößte auf Bitten des Malers ihren schönen Busen.

Der Freund fand später verwundert Blätter und Pappen hinter einem Schrank, auf die Kugelpaare gezeichnet waren.

Chaosdekoration

Ringelnatz besuchte einen Kurs für Schaufensterdekoration. Es war nicht allzu schwer, und er bestand mit Bravour das Examen. Zum Zeugnis gab es gleich einen Auftrag dazu. Ringelnatz dekorierte das Fenster eines Delikatessenladens. Er betrachtete sein Werk von außen – und gestaltete nie wieder ein Schaufenster.

Der lächelnde Blinddarm

Über die Monate kurz vor dem ersten großen Krieg schrieb Ringelnatz, auf den Blitzlichtfotografien aus dieser Zeit könne man sehen, »welch unerhört lebendige und überschäumende Besoffenheit« die Künstlerfreunde beherrscht habe. Ringelnatz immer mittendrin. Er wurde auch Mitglied der »Hermetischen Gesellschaft«, ein komisch-mystischer Verein mit eigener Sprache und seltsamen Gebräuchen. Die Aufnahmeprüfung bestand er nur knapp. Darum wurde er nicht als vollwertiges Mitglied aufgenommen, sondern nur als »kleiner mittlerer Seitenvater« namens Appendix.

Zapfenstreich

Nach einer fast zwei Tage dauernden Zecherei gingen die Freunde erst ins Wannenbad, dann durch den Englischen Garten, wo sie jede, aber auch wirklich jede Frau zu einem Nachmittagskaffeekränzchen einluden. Als der Nachmittag kam, erwarteten die Freunde wenigstens dreißig Frauen. Es kamen sechs, darunter eine Kokotte, ein verhuschtes Dienstmädchen und eine Berliner Witwe. Die anschließenden Aktionen wurden immer tolldreister. Im Café

»Fahrig«, wo eine serbische Kapelle spielte, zerschlugen die Gäste die Fensterscheiben – als Rache für Sarajevo. Dann ging die Welt in Scherben.

Deutsche in Uniform

Ringelnatz machte, an Kriegsromantik und Heldentod denkend, sein Testament. Er meldete sich freiwillig zur Marine, musste sich in Augsburg stellen. Dort saß er eines Abends in einer Gastwirtschaft, am Nebentisch ein Offizier, in Friedenszeiten Arzt, mit dem Ringelnatz oft und fröhlich gezecht hatte. Der Arzt-Offizier zeigte dem Unteroffizier Ringelnatz nun ganz und gar unfröhlich die ganz kalte Schulter.

Hysterie

Als der Truppentransportzug unterwegs hielt, kam das Gerücht auf, im Nachbarzug sei ein russischer Spion. Mit Steinen und Brettern bewaffnet rasten Suchtrupps hysterisch hin und her. Unter der Lokomotive wurde der Spion vorgezogen und blutig geschlagen. Aber es war ein deutscher Soldat, der auch hysterisch gesucht hatte.

Der Erfinder

Um den Aufschneidereien eines Kameraden entgegenzutreten, behauptete Ringelnatz, er sei der Vater vieler kriegstechnischer Erfindungen, so zum

Beispiel der Pfefferkanone, die dem Feind bei günstigem Wind reihenweise die Tränen in die Augen treibe, und ebenso des »Fluchtgewehres«. Dieses lasse man bei Flucht vor dem Feind zurück. Wenn der Feind es dann erbeute und mit der Waffe schießen wolle, habe es die gemeine Eigenschaft, nach hinten loszugehen.

Brief nach ganz oben

Die anfängliche Euphorie verflog beim Minenmaat Ringelnatz, trotzdem wollte er unbedingt an die Front. Mehrere Gesuche wurden abgelehnt oder gar nicht erst angenommen. Er schrieb voller Ärger an den Kaiser persönlich. Antwort blieb aus. Dafür erntete er jede Menge schräger Blicke, wenn es hieß: Der hat an den Kaiser geschrieben.

Home, sweet home

Um sich ein wenig heimisch zu fühlen, hatte Ringelnatz seine Koje gestaltet: Neben der General-Hindenburg-Postkarte prangte eine Dame im Badeanzug, zwischen weiteren Karten hingen unter anderem Taschenmesser, sieben Tabakpfeifen, ein Teesieb, ein Sektstöpsel und Bierflaschengummis. Und – Höhepunkt der Heimeligkeit – über die ganze Wand verstreut klebten erschlagene Kakerlaken.

Retour

Im Brief einer Bekannten steckte eine Karte mit der Aufschrift »Deutsch sein heißt edel und tapfer sein«. Ringelnatz schrieb »Geschmackloser Quatsch« darauf und schickte die Karte zurück.

Passierscheinheiliger

Bei einem Landgang lernte Ringelnatz ein glutäugiges, rotbäckiges Dienstmädchen kennen, trank mit ihm Brüderschaft und verabredete sich wieder. Auf dem Rückweg merkte er, dass er seinen Urlaubsschein verloren hatte. Er lief rasch auf den Kontrollposten zu, hielt eine Quittung für ein zurückgegebenes Bierfass hoch und fragte gleichzeitig, ob es wahr sei, dass ein englischer Flieger das Café Central bombardiert habe. Andere Leute traten hinzu, es wurde erregt debattiert. Ringelnatz passierte in dem Durcheinander und rief laut, er glaube, das sei eine ganz freche Lüge.

Flaschengeist

In seinen Kabarettjahren nach dem Krieg wurde immer wieder behauptet, Ringelnatzens Dichtung würde ihren Ursprung im alkoholisch benebelten Geist haben. Schon bei der Marine hatte er es probiert, verzog sich mit einer Buddel Rum hinter eine Mine. Er sann darüber nach, wie viel Lyrik doch aus der Flasche und wie viel Tod und Verderben aus der Mine kommen könne. Ein Gedicht bekam er nicht zustande. Trotz Flasche.

Hot cuisine

Die Verpflegung war schlecht. Wenn die Matrosen im Minendepot arbeiteten, stahlen sie vom nahen Feld Kartoffeln. Ringelnatz hatte aus einer Konservendose eine Reibe gezaubert, der Heizer aus einer Kohlenschaufel eine Bratpfanne. Dann zauberte man Kartoffelpuffer – gebraten in bestem Maschinenöl.

Süßes Geheimnis

Ab und an bekam die Mannschaft Fresspakete, manchmal von unbekannten freundlichen Spendern. Eine Frau Rey schickte eine Dose Honig. Ringelnatz schrieb gleich an die Dame, der Honig munde vortrefflich. Als er die Dose dann öffnete, wunderte er sich erst, freute sich dann über marinierte Heringe.

Kritikerin

Nach Warnemünde abkommandiert, besuchte Ringelnatz die Geschwister Tula und Mucky Reemi, zwei Musikerinnen aus Mexico, die er auf einer Zugfahrt kennengelernt hatte. Mucky forderte den Schriftsteller auf, ihr eines von seinen Büchern zum

Lesen zu geben. Ringelnatz kaufte eine, seiner Meinung nach grottenschlechte, Fünfgroschenbroschüre, riss den Umschlag ab und überreichte der Dame das Werk. Die Dame besprach das Büchlein eingehend mit Ringelnatz, meinte, es müsse wohl ein Frühwerk von ihm sein, und gab ihm zwei gute Bücher zum Lesen.

Wunderbare Wunden

Als wertvollste Bekanntschaft in Warnemünde bezeichnete Ringelnatz die dickwadige Badefrau vom Damenbad. Er hatte sich ihr zum Zerkleinern von Brennholz angedient – und wegen des freien Blickes auf die badende Damenwelt. Wegen der Fleischbeschau hackte und sägte sich Ringelnatz versehentlich selbst.

Fürst class

Die Reemi-Geschwister wurden ins Orchester des Rostocker Stadttheaters engagiert. Ringelnatz wollte die Generalprobe von »Rheingold« besuchen, der Pförtner ihn nicht einlassen. Ringelnatz lief ungerührt an ihm vorbei, schloss sich in der Fürstenloge ein und überhörte geflissentlich das wütende Pochen des Pförtners.

Der richtige Biss

Die Reemis erzogen ihn »in gewissen Dingen« und rieten ihm, seine Gebisslücken mit Kunstzähnen füllen zu lassen. Ringelnatz schickte ein Rundschreiben an Freunde und Bekannte, in dem er um ehrliche und ausführliche Meinung zu acht Fragen bat, unter anderem: Sind falsche Zähne etwas Unappetitliches beim Kuss? Die Befragten dachten, Ringelnatz treibe wieder einen seiner Scherze mit ihnen. Er wartete die Antworten auch gar nicht erst ab und erhielt an der Universitätsklinik drei neue Zähne. Die prüfte er auf Tauglichkeit, indem er in verschiedenen Tonlagen laut deklamierend durch Rostock lief.

Verweigerer

Die Zensur war im Krieg noch schärfer geworden. Ein Verleger schrieb Ringelnatz, dass das Kriegsmarine-Novellenbuch um die zwei besten Geschichten und auch sonst erheblich gekürzt und »verbessert« worden sei. Ob er die nun fehlenden fünfunddreißig Seiten neu schreiben könne. Ringelnatz notierte: »Gift und Galle im Herzen« und keine neuen Geschichten.

Aber bitte mit ...

Als Ringelnatz zurück nach Cuxhaven beordert wurde, versammelten sich Kameraden, Freunde und Bekannte im Café Meyer zu Reden, Krabbensalat und Whisky. Ringelnatz schlug ein Abzählspiel vor. Der Verlierer musste sich in eine Torte setzen. Ringelnatz verlor.

Literarischer Lokus

Auf Heimaturlaub weilte Ringelnatz in Leipzig. Wie damals üblich, befand sich das Klo auf halber Treppe und wurde von mehreren Familien benutzt. Ringelnatz schrieb an die Klowand: »Die deutsche Marine war hier zu kurzer beschaulicher Feier. Sie pries das zarte Papier und grüßt Sie herzlich, Frau St(M)eyer.«

Den kryptischen Namen der Gegrüßten erklärte 1979 der Neffe einer Frau Steyer, die mit Böttichers im selben Haus gewohnt hatte. Sie hätten den Gang, den der Kaiser zu Fuß geht, immer mit »Ich gehe zu Meyers« umschrieben.

Pfeifen

Das Minenkommando sollte bei völliger Verschwiegenheit Minenwerfen üben. Der Kapitän gab dazu die Kommandos – durch ein Megaphon. Ringelnatz schlug vor, stattdessen Tierstimmenpfeifen zu nehmen. Über diesen Verbesserungsvorschlag war der Kapitän begeistert und schickte Ringelnatz und einen Obermaat nach Kiel in eine Musikalienhandlung. Dort probierten sie, sehr zum Verdruss des Verkäufers, alle Tierstimmenimitationsgeräte durch. Dann kauften sie eine Enten- und eine Hirschlockpfeife, wobei letzterer eher eine Art Autohupen zu entlocken war.

Klare Angaben

Auf Wache vertrieb sich Ringelnatz die Zeit oft mit Schreiben. Das Tagebuch füllte sich, Briefe wuchsen seitenweise. Einem Freund kündigte er brieflich Urlaub und Münchenbesuch an und entschuldigte sich wegen des Briefpapiers, das nur ein Blockzettel war. Außerdem befände er sich auf Wache und zwar »190 Grad 70 Minuten nördlicher Breite und 192 Grad 74 Minuten östlicher Länge auf einer Tiefe von 12 Metern steifen Fischereihafen-Grog. Trotzdem scharf und klar in die Zukunft blickend.« Wer's glaubt.

Schuldenerlass

Viele Briefe gingen an Ringelnatzens damalige Flamme Alma Baumgarten, genannt Maulwurf. Einer war überschrieben mit »Liebes gewürfeltes Mäulchen!«, weil sich der Schreiber darin schamhaft um das Thema Geld ringelte, Geld, das Alma ihm gegeben hatte. »Es will mich recht schimpflich bedünken, wenn ich die von dir gepumpten 20 Meter mir erlassen ließe. Deshalb schreibe mir nochmals, ob ich es mit Anstand tun kann.« Alma war großzügig, denn Ringelnatz saß tief in der Tinte in einem »Meer von Schulden«.

Einschmeicheln

Liebe und Geldmangel führten auch zu Anreden wie Erdgräberl, Pelztierchen, kleiner Sammetmolli und »Du verteufeltes Schnadahüpfl«. In einem vorweihnachtlichen Brief fragte Alma nach Ringelnatzens Wünschen zum Fest. Er dankte, er habe keinen Wunsch, jedenfalls nicht an Alma. Er habe nur Wünsche an das Schicksal, was leider nicht so liebenswürdig sei wie sein Mäulchenwürfelchen. Dies schrieb »Dein treuer Kobold«.

Haarige Angelegenheit

Anscheinend hatte sich Alma von Ringelnatz gewünscht, er möge sich einen Schnurrbart wachsen lassen. Er tat es tapfer, auch wenn die Kameraden ihn aufzogen, das Gewächs sähe aus wie von Motten zerfressen und gliche mehr einem zerkauten Fischleimpinsel.

Keine heißen Rhythmen

Als ehrliche Haut verschwieg Ringelnatz seiner Alma auch nicht, dass er Klavierunterricht angefangen hätte – um mit der Klavierlehrerin zu poussieren. Aber das kleine, ganz niedliche Mädchen sei so fade wie ihr Unterricht. Darum habe er den Unterricht nach der vierten Stunde wieder aufgegeben.

Die Kurve gekriegt

Beim Exerzieren raunzte Ringelnatz einen Mann an, er solle nicht großfressig wie ein Admiral dastehen. Ein Offizier hörte das und fragte hinterhältig, ob Ringelnatz schon einmal einen solchen Admiral gesehen hätte. »Jawohl«, antwortete der markig, »einen feindlichen.«

Geht doch!

Ein Feldwebel meinte, die Unteroffiziere würden ihre Untergebenen zu wenig anschnauzen. Ringelnatz sah meist keinen Anlass und behalf sich mit einem Trick. Er brüllte seine Leute mit derben Schimpfwörtern und falschem Namen an. Der Feldwebel stand zufrieden daneben, denn er kannte die Leute nicht.

Verhütung mit Hose

Ringelnatz bekam Order, einen Minentransport nach Belgien zu begleiten. In Brüssel traf er sich mit seiner Ex-Verlobten Maulwurf. Er wollte ein Zimmer mieten, alles war besetzt. Maulwurfs Wirtin sagte locker, er könne doch bei der Dame schlafen. Maulwurf war einverstanden – wenn Ringelnatz beim Schlafen die Hosen anbehielte.

Beleuchteter Liebespfad

Auf Urlaub zog es Ringelnatz wieder nach Eisenach, wegen des dortigen Mädchenpensionats. Hier lernte er auch seine spätere Frau Leonharda Pieper – in seinen Notizen »Madonna Lona Kalk« – kennen. Mit einem befreundeten Mariner stellte er die Pension auf den Kopf. Nachts half man den Mädchen heimlich aus Fenstern und über den Gartenzaun, um zur Wartburg hoch zu wandern, sang dem Burgwärter Lieder, der sich mit einem Knips revanchierte. So war der Rückweg beleuchtet.

Zukunft heraufbeschworen?

Ringelnatz war nicht Goethe, aber wie dieser sich an Wänden auf dem Kickelhahnberg bei Ilmenau und in einem der Dornburger Schlösser verewigt hatte, so wollte auch Ringelnatz für Nachruhm sorgen.

Im Eisenacher Restaurant »Rodensteiner« schrieb Ringelnatz seinen Namen an eine Wand. Im Gegensatz zu Goethes Wandkritzeleien ist diese nicht erhalten. Zwar zeigt sich auch da der deutsche Unterschied zwischen so genannter ernster und Unterhaltungs-Kunst, aber erfreulicherweise ist dort heute ein Laden beheimatet, der auch Ringelnatzbücher verkauft.

Chefvisite

Der Kaiser kam mit dem Schlachtschiff »Baden« nach Cuxhaven. Er verließ das Schiff in Großadmiralsuniform und mit Großadmiralsstab. Er sollte zu einem zerschossenen Schiff geführt werden, würdigte dieses aber kaum eines Blickes, grüßte »Guten Morgen, Matrosen!« Es war halb acht Uhr abends. Die Matrosen standen schon seit dem Morgen bereit, und Ringelnatz hörte, dass viele statt Hurra »Hunger!« riefen.

Behindert

Nur unter großen Mühen gelang Ringelnatz der Aufstieg in den Offiziersrang. Der Chef der Lehrkompanie wollte den »Kröpel« nie zur Beförderung zulassen. Kröpel ist Niederdeutsch und bedeutet Krüppel.

Patzigfisten

Zum Leutnant befördert, wollte Ringelnatz auf Urlaub nach München. Unterwegs stieg er in Probstzella aus, um sich auf der nahen Burg Lauenstein Erinnerungen an seine Bibliothekarszeit hinzugeben. Auf der Burg tagte eine pazifistische Konferenz, darunter Schriftsteller und Verleger. Ringelnatz in seiner Uniform wurde scheel angesehen. Trotzdem sammelte er Autogramme, so auch eins vom Schriftsteller Richard Dehmel. Ringelnatz las: »Notgedrungen Dehmel«.

Für die letzte Reise

Der Vater starb. Ringelnatz fälschte seinen Urlaubsschein, um zur Beerdigung zu fahren. Er hatte aber vergessen, einen Kranz oder Blumen zu kaufen. Als niemand guckte, warf er einen Groschen in den offenen Sarg.

Terrarium-Tragödie

Ringelnatz hatte sich ein Terrarium eingerichtet, sah seinen selbstgefangenen Schlangen, Eidechsen und Fröschen zu, wie sie sich gegenseitig oder ihren Nachwuchs auffraßen. Mord, Blut, herzzerreißende Szenen. Dazu las er »Macbeth«.

Unter Überdruck

Der Mariner Ringelnatz schrieb an seine Münchner Freunde, selbstverständlich gereimt, sie möchten ihm doch bitte seinen anstehenden Heimaturlaub versüßen durch die Organisation einer kleinen, weichen Qualle mit vollem Busen, in die er seinen Klüver tauchen könne. Aussehen wäre egal, hauptsache »Vollarsch weiß behost«, denn nach langer Fahrt müsse jeder Fahrensmann sein raues Steifbein laben. Er dankte im Voraus.

Anderer Ansicht

Ringelnatzens Mutter, die Witwe Bötticher, führte nun einem Meraner Kunsthändler den Haushalt. Der war so geizig, dass die Mutter nicht einmal Brot hatte. Ringelnatz brachte welches mit. Die Mutter war glücklich. Mutter und Sohn wanderten schöne Wege durch die Weinberge. Ringelnatz zeigte auf eine Villa, die Mutter sprach verächtlich von einem liederlichen Haus. Ringelnatz brachte sie gütig heim und lief dann sofort in das liederliche – Bordell.

Ein menschlicher Offizier

Die einfachen Mariner bekamen schlechtes Essen oder hungerten. Einmal deckte Ringelnatz seinen Tisch mit allem, was sein Offiziershaushalt noch hergab. Dann kontrollierte er einen Posten und befahl ihm, in sein Zimmer zu gehen. Dort läge auf dem Tisch ein schriftlicher Befehl. Der Mann ging hinein und las: »Setzen Sie sich gemütlich nieder, essen und trinken Sie, so viel Sie mögen, und gehen Sie dann schlafen. Ich gehe für Sie Wache.«

Absolution

Im November 1918 meuterten die Marinesoldaten. Ringelnatz, dem die Untergebenen vertrauten und den sie achteten, riet zu Mäßigung und Vernunft. Bloße Revolution, der rein plumpe, ziellose

Umsturz, sei der Untergang für alle. »Wenn ihr eure Sache mit Gott und ganzem Gewissen haltet«, sagte Ringelnatz, »dann wünsche ich euch Glück.«

Ohne Gewehr

Der Schelm Ringelnatz telefonierte mit dem Roten Matrosenrat. Er meldete, seine Leute seien, wie befohlen, bewaffnet abmarschiert, hätten aber die Maschinengewehre vergessen, die seien in seiner Gewalt und er könne Zurückkehrende wie Spatzen abschießen. Vom anderen Ende der Leitung Fluchen und die Frage: »Herr Leutnant, was machen wir denn da?« Ringelnatz sagte lachend: »Machen wir beide nichts!«

Tränen

Der Krieg war aus. Ringelnatz saß in seinem Münchner Stübchen, zwischen seinen Büchern und Gegenständen, die er ganz vergessen hatte. Er weinte über seinem Testament. Aber vor allem weinte er, weil niemand zu ihm gesagt hatte: »Willkommen nach dem Krieg in der Heimat.«

Bauer sucht ...

Im Nachkriegschaos fand sich Ringelnatz zunächst nur mühsam zurecht, vor allem fand er keine Arbeit. Eine Tante vermittelte ihm einen Lehrgang an der Obst- und Gartenbauschule Freyburg, danach reist er durch die Gegend, um für Tantchens Bruder ein kleines Landgut zu suchen. In die Suche wurde auch Leonharda Pieper – zärtlich »Muschelkalk« und auch »Fräulein Lonahildeursulaelisabeth« genannt – einbezogen: »Du muschelverkalkte Perle Du ... hilf mir zu meiner ländlichen Ruh und zu einem Häuschen mit Schweinchen.« Dazu zeichnete Ringelnatz eine Schweinchenparade – mittendrin er selber mit einem Ringelhaar am Hinterkopf.

Auf dem Schuldenberg

Einmal kam ein Gerichtsvollzieher zu Ringelnatz. Zur Begrüßung meinte der, Ringelnatz wisse ja, worum es sich handeln würde. Der verneinte. Er habe so viele Schulden, dass er keinesfalls ahnen könne, wer den Vollzieher in Marsch gesetzt habe.

Starkes Ego

Ringelnatz schrieb die »Einacktige Groteske« mit »ck« und dem Titel »Mannimmond«. Er schickte das Manuskript an mehrere Verlage. Das Stückchen wurde weder gedruckt noch aufgeführt. Im Begleitschreiben an einen Theatermacher bot Ringelnatz seine Mitwirkung auf der Bühne an, was sicher eine gute Reklame sei. Aber er würde nur eine und keine andere Rolle spielen, die des Individuums!

Weil nicht sein kann, was ...

Ringelnatz bekam Arbeitsverbot in Berlin und musste in München eine schlecht bezahlte Arbeit in der Post-Überwachungsbehörde annehmen, angeblich um Devisenschmuggel zu unterbinden, aber vor allem, um die Briefinhalte zu durchschnüffeln. Das Wohnungsamt gab ihm keine Wohnung, weil er nicht verheiratet war. Das Standesamt verweigerte ihm die Heirat, weil er keine Wohnung hatte. Also zogen die Brautleute schwarz ein und heirateten.

Aber mit Liebe

In einem Brief an einen Freund aus der Vorkriegszeit schrieb Ringelnatz: »Ihnen und Ihrer hochverehrten Frau Mutter teile ich an allen Gliedern bebend mit, dass ich mich am 7. August ohne Geld, ohne Wohnung und ohne Verstand mit Fräulein Lona Pieper verheiratete.«

Doppelsinn und Sinnlichkeit

In einem Begleitgedicht zu einem Autogrammwunsch an den Dichter Gerhart Hauptmann hatte Ringelnatz einmal »schwer ward« auf Gerhart gereimt. In seinen Memoiren schämte er sich dessen etwas. Aber dieses Widmungsgedicht war längst nicht so schlecht wie jenes, das Ringelnatz samt einer Kaffeemühle zur Hochzeit bekam: Ich schenke dir zum Ehespiele als Leitmotiv die Kaffeemühle. Fest musst du gleich den Schwengel fassen, du orgelst eifrig darauflos und drückst den Schieber in die Dos'.

Die Welt von gestern

Im Nachkriegs-München suchte und fand Ringelnatz alte Freunde und Bekannte. Er fragte aber auch, wer die Dünnen seien, und beantwortet sich die Frage sarkastisch selbst: Die Dicken von gestern. Und wer sind die Gerippe? Die Mageren von einst. Und die Gerippe von gestern demzufolge …

Dichterduell

Zu später Stunde trafen im »Simpl« Carl Zuckmayer und Ringelnatz aufeinander. Letzterer, schon etwas über Pegel, sächselte den Neuankömmling barsch an, »Naduurdichder« könne er nicht leiden, klopfte an den Römer mit Rotwein und meinte, so ein Glas sei genug Natur, da brauche er keine »Rohdgählchen«. Zuckmayer pöbelte zurück. Der Beginn einer wunderbaren Freundschaft, die dazu führte, dass Ringelnatz bei Kathi Kobus einige Auftritte für Zuckmayer im »Simpl« durchsetzte.

Endlich entdeckt

Wieder als Vortragender in Kathi Kobus' »Simpl« hörte ihn Hans von Wolzogen und engagierte ihn für das Reinhardt-Kabarett »Schall und Rauch« in Berlin. Für einen Monat! Die Berliner waren entzückt – das Engagement wurde um einen Monat verlängert. Das war sozusagen die Initialzündung für Ringelnatzens Kabarettkarriere. Dieser witzige, sächselnde Typ aus Wurzen mit dem Seemannsgang und der Vogelschnabelnase freundete sich mit vielen Berliner Künstlern an, vor allem mit Schauspielern. Die Freundschaft mit Paul Wegener hielt bis zum Tod. Sie begann, als Wegener das »Schall und Rauch« besuchte und tönte: »Ich komme in eure alte Scheißbude nur wegen des Ringelnatz – der soll so gut sein.«

Starparade

Mit Wegener kam ein berühmter Stummfilmstar, für den Ringelnatz schwärmte. Er malte sich darum ein blaues Herz auf die Brust, pfeildurchbohrt und mit Namen versehen: Asta.

Eine Lebensfreundschaft mit Asta Nielsen begann. Die Schauspielerin war an diesem ersten Abend neben der »Don-Quichotte-Nase« vor allem von Ringelnatzens tiefblauen Augen fasziniert.

Kopflos mit Herz

Asta Nielsen kam per Zug zu ihrem ersten München-Gastspiel. Am Bahnhof bedrängte sie etwas von hinten. Sie schaute sich um und erschrak, denn dort stand ein kopfloser Mantel. Grinsend hob sich langsam aus dem Mantelausschnitt der Kopf von Joachim Ringelnatz. Vier Stunden hatte der Freund geduldig auf die Ankunft der verehrten Freundin gewartet.

In der abendlichen Vorstellung saß Ringelnatz dann mit Muschelkalk in der ersten Reihe. Hinter der Bühne war die Künstlergarderobe mit den Lieblingsblumen der Schauspielerin geschmückt worden: weiße Lilien – von Ringelnatz.

Turnvater rotiert im Grabe

Den ganz großen Bucherfolg hatte Ringelnatz mit seinen »Turngedichten«, in denen er die ideologisch-völkische Ausrichtung des Sports und vor allem der Turnvereine karikierte. Ein auf seriös gemachtes Vorwort und Danksagungen – unter anderem für die Übersetzung des Wortes knock-out, spätestens da hätte wohl jeder die Blödelei erkennen können – führten dazu, dass das Büchlein ernst genommen wurde. Die »Monatsschrift für Turnen, Sport und Spiel« schrieb: »Vor dem Ankauf des anmaßlichen Machwerks sei gewarnt.«

Friedrich hin und weg

Im Kabarett »Schall und Rauch« sah auch Friedrich Hollaender zum ersten Mal den Ringelnatz. Eine komische Gestalt sei reingesegelt gekommen, durch das blaue Zigarettenrauchmeer wie eine bezechte Fregatte, im Matrosenanzug. Noch nichts gesagt, trotzdem schon Applaus. Paul Graetz habe sich zu Hollaender gebeugt und geflüstert: »Der liebe Gott – Ringelnatz!«

Hollaender war hin und weg. Nur alle paar Jahrhunderte würde ein Lyriker geboren, bei dem die Verse kichern, aber sie hätten sich nicht die Tränen aus den Kommas gewischt. Und eine Möwe habe immer unsichtbar auf Ringelnatzens wirrem Haar gehockt. Das dürfte wahrer sein als viele andere Legenden, die über Ringelnatz kursierten.

Sachsensachen

»Kuttel Daddeldu« Ringelnatz in seinem Matrosenanzug wurde schnell so berühmt, dass sich auch Parodisten seiner bemächtigten. Noch vor seinem ersten Auftritt in der Stadt seiner Kindheit erschien im »Leipziger Montag« ein verballhorntes, nicht sehr gutes Kuttel-Gedicht.

Der sächsische Humorist Hans Reimann schrieb später »Ansprache eines hundsgefährlich besoffenen Seemanns an den Portier des Niederwalddenkmals im Leipziger Rosenthal«. Diese Parodie war so gut, dass Ringelnatz sie ihm übel nahm.

Nomen est omen

Über die Entstehung von Namen literarischer Gestalten gibt es viel germanistisches Nachdenken. Im Falle von Kuttel Daddeldu könnte die Erklärung einfach und seemännisch sein. Angeblich habe es in Zeiten der christlichen Seefahrt einen Abschiedsgruß gegeben, eben »Daddeldu!« Und Ringelnatz habe mal eine solche Verabschiedung eines gewissen Kuttel belauscht. Daraus sei dann der berühmte Name entstanden.

Image

Hans Bauer, Chefredakteur der Leipziger satirischen Wochenzeitschrift »Der Drache«, schrieb über Ringelnatzens Repertoire, es seien schnurrige Käuzereien, seemännische Derbheiten, groteske Einfälle und skurrile Paradoxien, aber auch zarte Lyrik und feinsinnige Nachdenklichkeiten. Auf der Vortragsbühne habe Ringelnatz immer ein Weinglas in der Hand, um anzudeuten, dass er auch im Dienst nicht ohne Spirituosen auskäme. Aber dieses Weinglas sei oft gar nicht mit »Sprit« gefüllt, und Weinseligkeit demonstriere Ringelnatz oft nur aus Rücksicht auf den Anekdotenkranz, der sich um ihn ranke.

Blick durchs Glas

An seinem Image als ständig beduselter Künstler hat Ringelnatz gern auch selber gebastelt. Da wurde so manche Flasche geköpft, und, bevor der Kater kam, auch so mancher Spruch geklopft. Daher wohl auch sein Ausspruch: »Die besten Vergrößerungsgläser für die Freuden dieser Welt sind die, aus denen man trinkt.«

Wertvolle Strafarbeit

Der Verleger Alfred Richard Meyer, genannt Munkepunke, hatte die Idee, dass Ringelnatz zehnmal »Kuttel Daddeldu erzählt seinen Kindern das Märchen vom Rotkäppchen und zeichnet ihnen sogar was dazu« handschriftlich abschreiben solle, dazu auch, wie im Titel versprochen, Illustrationen zeichnen und zwar in jedem Exemplar unterschiedliche. Ringelnatz empfand das als Strafarbeit. Von den zehn durchnummerierten Exemplaren existieren heute wohl noch drei. Ihr Wert nähert sich langsam der blauen Mauritius an. Ganz langsam.

Früher war alles besser

Ringelnatz blieb auf der Bühne immer mal wieder im Text stecken. Wenn so ein »Hänger« eintrat, versuchte es der Kabarettist zunächst mit wilden Extempores. Wenn das nicht zum gewünschten Erfolg führte, trat Ringelnatz regelmäßig an die Bühnenkante und erklärte zum Gaudi des Publikums, vor dem Krieg hätte die Prosa sich noch gereimt.

Von solcher Art

Der Vortragskünstler Ringelnatz wurde nun in fast allen großen und mittleren Städten Deutschlands gebucht. Wenn er im Hotel den Meldezettel ausfüllen musste, schrieb er »Reisender Artist«. Dies stand auch als Berufsbezeichnung in seinem Pass. Für ihn war es eine regelrechte Manifestation der Verbundenheit mit allen Künstlern, die wie er als so genannte Freie ihr Geld dort verdienten, wo man sie – oft nur für wenige Tage – engagierte. Im Gedicht »Jene kleinsten ehrlichen Artisten« kann man nachlesen, dass Ringelnatz sich wirklich erinnerte, woher er kam und wohin er gehörte.

Provinz

Sein Ruhm hatte sich noch nicht zu den Frankfurtmainern herumgesprochen. Ringelnatz trug vor. Das Publikum saß starr und verständnislos da. Bühnenabgang, Ringelnatz stark verunsichert. Da sprang der bekannte ortsansässige Künstler Fried Stern wütend auf: »Sie hawwe ja koine Ahnung, meine liewe Frankforder, dass Sie ewe ein Schenie gehört hawwe!« Frenetischer Beifall. Das Publikum fand die gemeinsame Nummer der beiden Künstler sehr gut.

Weltsprache

Bei seinem Parisbesuch versuchte Ringelnatz, einen sehr französisch aussehenden Herrn in sehr gebrochenem Französisch nach der »Mona Lisa« zu fragen. Der Herr lächelte und erwiderte: »Ooch, Herr Ringelnaddz, mid mir gönn Sie ruhisch Säggssch redn.« Ein Sachse ist immer schon da.

Verzerrte Wiedergabe

Ringelnatz besuchte in Paris den Maler Pascin und traf auch Jean Cocteau. Letzterer karikierte ihn als Seemann Kuttel Daddeldu. Die Karikatur ist völlig unähnlich. Die Arme sind überlang – vielleicht um viele Menschen und Dinge zu umarmen. Insofern stimmte die Karikatur wieder.

Ehrensache

In der Provinz passierte es einmal, dass nur ein junger Mann im Publikum von Ringelnatz begeistert war. Die Begeisterung hielt an bei einer sich anschließenden gemeinsamen Flasche Wein. Plötzlich raste ein älterer Herr auf den Jüngling zu und ohrfeigte ihn beiderseits. Der wehrte sich nicht. Ringelnatz bat ihn vor die Tür, kritisierte das feige Verhalten und ohrfeigte ihn zur Strafe ebenfalls. Dann trank man einträchtig weiter.

Später erfuhr Ringelnatz zu seiner Erheiterung, dass der Ohrfeiger über Ringelnatzens Auftritt wütend war, in der Rage aber den Dichter und seinen jungen Bewunderer verwechselt hatte.

Solo für zwei

Einmal saß eine junge Frau sehr aufmerksam in der Vorstellung. Ringelnatz bemerkte das und rief das Blumenmädchen heran. Er kaufte einen Veilchenstrauß und überreichte ihn mit dem Kompliment, es genüge ihm völlig, wenn ihn nur ein Mensch verstehen würde. Ohne sich um das Publikum zu scheren sagte er: »Ich werde heute nur für Sie sprechen.«

Die katzengoldenen Zwanziger

In Trude Hesterbergs Kabarett »Wilde Bühne« musste sich Ringelnatz neben Größen der Berliner Kleinkunst behaupten. Kein Problem für den Sturmerprobten. Problematischer war da schon die Honorierung in der Inflationszeit. Feste Gagen waren unsinnig. So verfiel die Hesterberg darauf, jedem Künstler entsprechend seiner Wichtigkeit im Programm eine Anzahl von Publikumsplätzen zuzuordnen. Nur Ringelnatz forderte zu seinen Stühlen eine Flasche dazu und sagte jeden Abend zur Freude des Publikums: »Und jetzt muss mir das p. p. Fräulein Direktor vertraglich neu einschenken, eh ich weiterrede.« Streckte das Glas vor, aus der Kulisse reckte sich ein Arm mit Flasche und schenkte ein. Weiter ging's.

Wilde Manieren

In der »Wilden Bühne« machte Ringelnatz oft auf wilder Mann. Gefiel ihm ein Zwischenruf aus dem Publikum nicht, dann zerschlug er regelmäßig einen Tisch. Um die Kosten zu minimieren und Ringelnatz die Arbeit zu erleichtern, steckte Trude Hesterberg die Einzelteile anschließend immer wieder zusammen.

Verbotene Früchte

Zum Image gehörte, dass Ringelnatz Gedichte vortrug, die manch zarte Bürgerseele erschreckten, wie das von der Riesendame Emmi, der vom Elefanten ein Beischlaf angeboten wird. Das Fräulein Direktor Hesterberg erhielt ein amtliches Schreiben, dies Gedicht unterlassen zu lassen, sonst Geldstrafe! Daraufhin pflegte Ringelnatz das Gedicht anzukündigen: »Und jetzt kommt die Geschichte, die meiner Direktorin verboten wurde.« Jeden Abend rief das Publikum nach ebenjenem Gedicht, trampelte, bis Ringelnatz listig grinsend nachgab.

Anheizen des Publikums

Ähnliches war schon im »Simplicissimus« vorgefallen, allerdings als eine Art Wirtinnenzensur. Kathi Kobus verbot Ringelnatz das »Alwine«-Gedicht, in dem er das eigenhändige Ein- und Ausbuddeln seiner toten Geliebten beschreibt. Zum Publikum sagte Kathi in feinstem Bayrisch, das Gedicht sei eine Schweinerei. Sie wollte Ringelnatz von der Bühne holen, der sprang aufs Klavier. Weil das Publikum allzu sehr tobte, winkte die Wirtin ab, jetzt sei es ihr wurscht, und wenn jemandem schlecht würde, »dann soll er mir koa Schuld geb'n.«

Diese Szene soll sich – wie ein kleines Theaterstück – des Öfteren abgespielt haben.

Seelchen

Im »Simpl« saß ein offensichtlich hochzeitsreisendes Paar aus der norddeutschen Provinz. Das Publikum forderte »Alwine«. Mitten im Text brach Ringelnatz ab, entschuldigte sich, dass er das Gedicht heute nicht vortragen könne. »Als ich begann, habe ich die junge Dame im Reisekostüm hier vorn am Podium nicht bemerkt. Ich sehe, wie sie über mein Gedicht entsetzt ist. Ich werde jetzt nur noch lustige Gedichte bringen.« Der wilde Mann konnte sehr feinfühlig sein.

Tischunsitte

Ringelnatz betrat ein elegantes Weinlokal und setzte sich an einen freien Tisch. Der Kellner kam, ein recht arroganter Schnösel. Der Tisch sei reserviert, wurde dem Gast von oben herab beschieden. Ringelnatz gab in gleicher Art zurück, das sei schon in Ordnung, der Kellner möge dann eben bitte diesen Tisch wegstellen und einen anderen dafür bringen.

Hut ab

Ringelnatz ging mit seinem Biografen Herbert Günther in angeregtem Gespräch hinter dem Leipziger Rathaus entlang. Plötzlich unterbrach er und sagte: »Bitte grüßen Sie nach rechts.« Doch da war niemand. Außer der am Rathaus angebrachten Gedenkplakette für den Schriftsteller Hans Georg Bötticher, Ringelnatzens Vater. Der Sohn zog immer den Hut, wenn er dort vorbeilief.

Leerer-Urteil

Bei einem der Auftritte in »Pleißathen«, wie Ringelnatz seine Kindheitsstadt Leipzig getauft hatte, muss ein ehemaliger Lehrer von Ringelnatz im Publikum gesessen haben. Nur so ist erklärlich, dass im Buch der Ringelnatzschen gymnasialen Bildungsanstalt bei »Bemerkungen über das spätere Leben« unter dem wirklichen Namen des Dichters ergänzend zu lesen ist: »Kaufmann in Hamburg, dann als Schriftsteller Joachim Ringelnatz bekannt, als welcher er seiner Tradition von der Schule her treu blieb!«

Ihre königliche Frohheit

Mit Claire Waldoff, der Urberliner Liederschmetterin aus Gelsenkirchen, war Ringelnatz befreundet. Einmal saß er mit Waldoffs Freundin Olly und der Malerin Augusta von Zitzewitz in einer Kabarettvorstellung bei Claire. Die Malerin wurde von Ringelnatz dienernd als Königin von Dänemark vorgestellt. Alle Kellner sprangen, Wein floss in Menge.

Der Direktor kam mit einem Riesenblumenstrauß, schwitzte, küsste der Königin ganz unetikettemäßig die Hand und ließ die dänische Nationalhymne spielen. Claire Waldoff sagte später, solche Possen habe Ringelnatz nur an »Feiertagen« getrieben. Sonst sei oft er es gewesen, der die Freunde ernst gestimmt habe.

Erster Gang

Ringelnatz wurde von einem reichen Gönner zum Mittagessen eingeladen. Er klingelte an dessen Tür, das Dienstmädchen öffnete und schlug die Tür gleich wieder zu. Ringelnatz war verblüfft, aber die Tür öffnete sich wieder und das Mädchen reichte ihm einen Teller warmer Suppe. Sie hatte Ringelnatz für einen Bettler gehalten. Als der Gönner kam, saß der Dichter löffelnd auf der Treppe.

Liebesdinge

Die Geldentwertung fraß an Ringelnatzens eh kleinen Gagen. Bevor er wieder auf Tournee ging, packte er darum seiner Frau Muschelkalk für jeden Abwesenheitstag ein kleines Tütchen. Darin steckten das Wirtschaftsgeld und immer eine Überraschung. Muschelkalk bedankte sich oft in ihren Briefen. Ringelnatz schrieb zurück: »Ich lese so gern, wenn du von deinen Tütenerlebnissen sprichst. Weiß ich doch selbst nicht mehr, was ich da anrichtete.«

Frauenversteher

Für eine Hamburger Bekannte schrieb Ringelnatz zum Geburtstag »Betrachtungen über dicke und dünne Frauen«, vierunddreißig Kürzestgedichte und ein längeres Widmungsgedicht. Kurz und schmerzhaft bedichtete er die weibliche Grundsorge und zeichnete kleine, freche Vignetten dazu. Gleich im ersten Reimpaar fasste er zusammen: »Heute dünn und morgen dick: Das ist das weibliche Geschick.« Da aber auch parkettkratzende Hängebusen, der Selleriegeschmack von Dünnfrauenknie nach dem Tode und die Benutzung dünner Frauen vom Schwarzen Meere als Speere im Krieg bedichtet wurden, erschienen diese Betrachtungen erst 1940 in Druckform – vorsichtshalber als Privatdruck.

Eben Künstler!

Auf eine Presserundfrage, höchstwahrscheinlich während der Inflation, was er täte, wenn er fünfzigtausend Dollar besäße, antwortete Ringelnatz: »Ich würde verrückt, bliebe also Schriftsteller.«

Identitätswechsel

In einem Alternativ-Baedeker über München schrieben die Autoren, geistig anspruchsvolle Menschen würden ihre Damen zu Ringelnatz ausführen, denn es gäbe nichts Anständigeres als die Unanständigkeiten des Seemanns Kuttel Daddeldu. Aber wenn man Ringelnatz zu einer guten Flasche Wein einlüde und über seine Bilder in Schwärmerei geriete, dann könne man das Wunder erleben, wie ein berühmter Dichter sich ohne lange Überlegung zugunsten eines Malers verleugne.

Für eine Handvoll Dollar

Auf Drängen von Renée Sintenis, einer befreundeten Bildhauerin, stellte Ringelnatz im April 1923 erstmals seine Bilder in einer Berliner Galerie öffentlich aus. Die Versteigerung wurde ein großer Erfolg. Ringelnatz bekam eineinhalb Millionen Mark. Das waren – umgerechnet in damals harte Währung – nicht einmal eineinhalb Dollar pro Bild.

Nicht käuflich

Die Ringelnatzschen Originalillustrationen seines Buches »liner Roma« existieren nicht mehr. Der Verleger hatte in Hamburg zur Buchpremiere eine Verkaufsausstellung der im Buch abgedruckten Aquarelle organisiert. Alle Bilder wurden gekauft. Es wurde getrunken. Die arg selbstbewussten Hanseaten ärgerten Ringelnatz so sehr, dass er die Bilder zerriss. Die aufgebrachten Käufer protestierten. Da zerriss Ringelnatz auch die gerade verdienten Geldscheine.

Brettlkunst

Die größte Ausstellung richtete man in Leipzig aus. Ringelnatz trat dort auch als Kabarettist auf. Eine Bardame fragte ihn, ob er wirklich richtige Bilder male. Ringelnatz antwortete leicht angesäuert: »Nein, ich male nur unrichtige. Ich forme Gesichter aus Quark, und die Augen setze ich aus Kirschen ein. Das Ganze wird dann auf einem Holzbrett serviert.«

Tiefgestapelt

Einmal klingelte es in einer Berliner Kunsthandlung. Die Praktikantin öffnete. Draußen stand ein kleiner, hakennasiger Mann mit sorgfältig verpackten Bildern und sagte: »Ich bin Ringelnatz. Ich bringe hier einige Bilder für die Ausstellung. Meine liebsten. Damit nicht etwa beim Transport etwas passiert. Eigentlich – wenn was passiert – so wichtig ist das Ganze nicht.«

Profiliert

Der Maler Ringelnatz wurde nun auch selbst gemalt. Allerdings beschwerte er sich, dass seine lange Nase und das zackige Profil immer zur Karikatur reizten und die meisten Maler über der Karikatur das Porträt vergaßen. Für »Maler« kann man gern Literatur- oder Theaterkritiker einsetzen, wahlweise auch Anekdotenerfinder oder falsche Freunde.

Selbstgespräch

In der Beilage des »Berliner Börsen-Courier« erschien im Oktober 1928 der Ringelnatz-Text »Atelierszene«: Ein Kunde kauft von einem Maler ein Bild, bezweifelt aber, dass der Maler es wirklich selbst gemalt hat. Nach einigem Hin und Her gibt der Maler dem Zweifler recht. Ein anwesender Dichter macht dem Malerfreund Vorwürfe. Der jedoch schmeißt voller Freude über das Geld die Petroleumlampe an den Spiegel und beantwortet die nochmalige Nachfrage nach dem Bildurheber: »Es hat sich selbst aus mir gemalt.«

Von Herzen

Mit Hilfe einer pekuniär potenten Dame richteten Freunde in Düsseldorf eine Verkaufsausstellung samt Auftritt aus. Ringelnatz war so glücklich, dass er eilig aus dem Raum lief, der Gönnerin Blumen zu verschaffen. Da es aber schon weit nach Mitternacht war, hatte nur die Apotheke offen. So überreichte Ringelnatz statt der Blumen ein Päckchen. Darin: »Odol« und Seife.

Undeutschliche Kunst

Ringelnatz schrieb manche Gedichte zu seinen Bildern oder umgekehrt. Immer wieder erging es ihm mit beiden Werken ähnlich: Bornierte, oft deutschnationale Leute mokierten sich darüber. Aber die Malkunst des Kabarettisten war hochanerkannt. Das Bild »Elf Uhr nachts« wurde für die Berliner Museen angekauft – und 1933 als »entartet« aus der Öffentlichkeit entfernt.

Am stillen Ort

Vor seinen Auftritten im Münchner »Simpl« suchte Ringelnatz stets die Damentoilette auf. Das Örtchen war bald mit seinen Kritzeleien verziert. Der Nachfolgewirt von Kathi Kobus ließ der Wand einen schwarzen Ölsockel verpassen. Weil der Platz darüber bald wieder bekritzelt war, wanderte der Ölsockel weiter nach oben, bis fast an die Decke. Aber ganz oben stand in winziger Schrift: »Hier auf dem hölzernen Ring, auf diesem olympischen Platz saß froh wie ein Schmetterling Joachim Ringelnatz.«

Für Genießer

Der Kabarettist hatte auch auf großen Bühnen immer den Mut zur Zartheit, zur Pointe, die nicht krachend daherkam, sondern schneeflockenleicht einschwebte. Das sichtlich ergriffene Publikum forderte er nach einer Sekunde der Stille auf, zu trinken und das Ganze mal nicht so ernst zu nehmen. Nach einer weiteren Sekunde dann: »Nein, wollen gar nicht alle trinken. Soll nur der trinken, der Lust hat.«

Das Kind im Manne

Als 1924 »Geheimes Kinder-Spiel-Buch« erschien, wurde es sofort verboten. Der Potsdamer Verleger Kiepenheuer musste es dann als Buch für Erwachsene kennzeichnen. In dem Gedichtband werden Kinderspiele vorgeschlagen, die allerdings eher Versicherungsfälle sind, unter anderem »Himmelsklöße«, wo in Nachttöpfen eingeweichte Papierknäuel an die Zimmerdecke gepfeffert werden, so dass sie oben kleben bleiben. Ringelnatz hatte dieses vorher bei einer Hallenser Familie ausprobiert – mit einer Butterstulle.

Abra Makabra

Einmal kam Ringelnatz unangemeldet nach Halle und klingelte bei seiner Herbergs-Familie, übrigens eine Schwester von Paul Wegener. Das neue Dienstmädchen öffnete, wollte Ringelnatz nicht einlassen, da sie ihn nicht kannte. Warum er die gnädige Frau denn zu sprechen wünsche, fragte sie spitz. Ringelnatz konterte frech wie so oft: »Es handelt sich um die Zerstückelung einer Kinderleiche.«

Übersprudelnd

Bei derselben Hallenser Familie übernachtete Ringelnatz oft. Kam er spätnachts vom Kabarett heim, schlief er nur kurz, weckte dann die familiäre Jungweiblichkeit, kochte Kaffee, der so schwarz war, dass nur er selber ihn trinken konnte, und trieb Ulk: Einer der Damen wollte er während des Telefonierens das Bein absägen. Und er ging mit der Gießkanne herum, um die Blumenmuster im Teppich zu wässern.

Schwarzkunst

In Frankfurt am Main übernachtete Ringelnatz stets bei dem Ehepaar Uhl. Die Uhl-Tochter Lilly erzählte, Ringelnatz habe mit den Kindern »Kohlebergwerk« gespielt. Der Inhalt einer Kohlenschütte wurde im Korridor entleert, ein Tisch darüber gestellt, daneben eine Leiter. Mit leeren Zigarrenkisten des Vaters kletterten die Kinder die Leiter hoch und andererseits wieder hinunter, riefen »Glück auf!«, um dann unterm Tisch »im Flöz« Kohle zu fördern. Mit geschwärzten Gesichtern begrüßten sie stolz die zur Wohnungstür eintretende Mutter. Die schrie! – Warum eigentlich? Schließlich wurde aus dem Kinderspiel ein wunderbares Gedicht.

Der Tierfreund

Ein andermal habe Ringelnatz an der Tür geklingelt, im selben Moment sei im Zimmer eine Pyramide aus den Glasbehausungen der Uhlschen Haustiere zusammengekracht. Der Besucher rettete zusammen mit den Kindern Mäuse vor den Katzen, fing Meerschweinchen und Frosch. Den scheinbar toten Salamander warf Mutter Uhl ins Klo, wo er – wieder auferstanden – Oma Uhl in den Hintern zwickte. Ringelnatz rettete das Tier.

Vorhersehbare Wahl

In Chemnitz verlangte er von reichen Autogrammschnorrern fünfzig Mark pro Unterschrift, wahlweise würde er dreißig Pfennig geben. Die reichen Leute entschieden sich alle für die dreißig Pfennig.

An allem ist zu zweifeln

Ringelnatz plädierte Zeit seines Lebens für Toleranz. Schon bei der Marine weigerte er sich, als – dies ist ein Ringelnatz-Zitat! – »Hassprediger« vor seine Soldaten zu treten. Er empfand es nicht als Großmut, anderen ihr Fühlen und Denken zu verzeihen und schrieb: »Ob du Artist, ob du Franz Liszt, / Ein Christ, ein Mist, ein sonst was bist, – / Bezweifle es. Und dir zum Heil / Bezweifle auch das Gegenteil.«

Umgestaltung

Ringelnatz war immer für einen Schabernack zu haben. Wer in seiner Nähe war, musste Spaß vertragen. Mit Muschelkalk besuchte er Asta Nielsen in ihrem Häuschen auf Hiddensee. Die hatte mit

Mühe dem sandigen Boden ihres Gartens etwas Gartenkultur abgetrotzt. Ringelnatz »gestaltete« das Kleinod auf verheerende Weise um, säte Blumensamen und weniger Erfolgversprechendes und Kurioses und kommentierte abschließend: »Ja, wenn man es schön haben will, muss man sich eben ein bisschen Mühe geben.«

Asta Nielsen rächte sich, indem sie eine überdrehte und übertriebene Boheme-Geschichte über einen trinkfreudigen Künstler namens »Bobby Ringelke« veröffentlichte.

Auf dem Boden der Tatsachen

Im Garten des »Karusel«, Asta Nielsens Haus auf Hiddensee, wurde viel und gern über Kunst diskutiert. Als Heinrich George einmal da war, verstieg sich Ringelnatz zu der Behauptung, »La Paloma« sei das beste Musikstück der Welt und Charlie Chaplin größer als William Shakespeare. Das Schwergewicht George ließ sich während der Debatte wütend auf einen Stuhl fallen – und landete mit den Einzelteilen des Stuhls auf Hiddenseer Sandboden.

Schweinisches

Mit Hans Reimann ließ sich Ringelnatz einmal volllaufen. Am übernächsten Tag bekam Reimann anlässlich der Rückkehr ins Leben ein Präsent zugeschickt, darin ein aus stinkender Seife kunstvoll geknetetes Schwein und ein Reiniger für die Tabakpfeife sowie ein Zettel: »Herzliches Gratulatz! Verschäume das Seifenschwein, halte die Pfeife rein, ewig dein Ringelnatz!«

Unschweinisches

Der »sich selbst vortragende« Kabarettist gastierte in der Schweiz. In Zürich traf er sich oft mit Hermann Hesse, der ihn einmal als einen »adligen Schwärmer edler Art mit einem Dichterherzen und einem kleinen Vogel im ritterlichen Kopf« beschrieb.

Anders die edlen Herren von der Handelskammer. Die engagierten Ringelnatz zu ihrem Herrenabend und erwarteten Schweinigeleien. Ringelnatz trug seine Gedichte vor. Die Herren waren enttäuscht.

Sparsamkeit

Auf seinen Gastspielreisen versuchte Ringelnatz, die Kosten für Essen, Trinken und Übernachtung zu minimieren. So schlief er auch immer mal bei Freunden oder frischen Bekannten, nicht selten eingerollt im Teppich. In einem anderen beschriebenen Fall schlief Ringelnatz im Regenmantel. Morgens und abends putzte er sich die Zähne – mit Bier.

Entgangene Erfahrung

In Darmstadt krakeelte Ringelnatz nachts mit dem Dichter Friedrich Schnack durch die Straßen. Ein Polizist wollte ihn wegen nächtlicher Ruhestörung verhaften, Schnack konnte den Ordnungshüter aber überzeugen, dass es sich nur um Vergnügtsein handele. Aber Ringelnatz protestierte laut, er wolle verhaftet werden, um mal einen Blick in den städtischen Knast zu werfen. Nur mit Mühe gelang es dem Polizisten, Ringelnatz abzuwimmeln.

Lüge und Wahrheit

Ringelnatz kehrte mit dem Schauspieler Max Pallenberg auf einem Wochenendausflug in die Kneipe an der Woltersdorfer Schleuse ein. Der Wirt, sagte Pallenberg, würde jede noch so hanebüchene Geschichte glauben, weil er selbst ein balkenbiegender Lügner sei. Ringelnatz prahlte, er habe einen so großen Karpfen geangelt, den hätte man nur mittels einer Kette und Pferd und Wagen aus dem Wasser gekriegt, um ihn dort auf die Weide zu schicken. Der Wirt bestätigte jedes neue Detail der Geschichte, denn genauso sei es bei ihm auch gewesen. Erst als Ringelnatz meinte, dem Karpfen seien dann Hörner gewachsen, meinte der Wirt entrüstet: »Hörner, Hörner? Mein Herr, jetzt fangen Sie an zu schwindeln. Was wahr ist, muss wahr bleiben.« Und dabei blieb es.

Stern der Dichtkunst

Tucholsky verehrte den Ringelnatz als großen Dichter, weil er so geniale Zeilen erfand. »Wie seine eigene Spucke schmeckt, das weiß man nicht«, begeisterte Tucholsky und dass der Dichter manchmal auf die Sprache ginge, wie man auf den Topf geht. In der »Weltbühne« schrieb er über Ringelnatz: »Wie schön leuchtet ihm manchmal der Morgenstern!«

Das wurde Ringelnatz schon bei Erscheinen seines ersten – wie er selbst sagte – »Ulkreimbüchleins« angehängt. Ringelnatz hatte damals aber noch nie auch nur eine Zeile von Christian Morgenstern zu Gesicht bekommen. Also: Seelenverwandtschaft.

Brauchbar

Auch Erich Kästner ließ sich nicht lumpen und rezensierte: »Im Kabarett der Komiker geht es recht fidel zu: Ringelnatz spricht – indem er Stühle umschmeißt und Rotspon trinkt – seine alten unverwüstlichen Groteskgedichte, die wertvoller sind als 80 Prozent der übrigen Gegenwartsliteratur zusammengenommen.« Kästner war es auch, der dem so genannten Gebrauchslyriker Ringelnatz attestierte: »Es ist wirklich keine Schande, Verse zu schreiben, die den Zeitgenossen begreiflich erscheinen!«

Geistreicher Begeisterter

Anton Kuh, Wiener Stegreifredner, sprudelte nach einem Ringelnatz-Auftritt in der österreichischen Hauptstadt los, der Dichter sei ein shakespearisches »Sturm«-Gewächs, der halblaut, duselig und verdrossen einige Sätze herunterleiere, die sich, zu Reimen zusammenstoßend, als Gedichte entpuppten. Man müsse mit doppelt geschärftem Ohr aufpassen, um keine der vehementen Absichtslosigkeiten zu verpassen. Aber man ginge als Entdecker von Ringelnatz fort.

Steinreich

Den schönsten Huldigungstext über Joachim Ringelnatz schrieb der Wiener Feuilletonist Alfred Polgar. Darin steht: Ringelnatz habe den Stein der Narren entdeckt, der dem Stein der Weisen zum Verwechseln ähnelt.

Generationierung

Kinder liebten »Onkel« Ringelnatz. Liebte Ringelnatz Kinder? Ja, aber es durften keine eigenen sein. Diese Haltung hat er sogar bedichtet. Menschen, schrieb er, sollten sich paarweise freuen und diese Freude nicht »an einem kranken oder lästigen Kind« bereuen. Verhütung sei heiliges Recht und Pflicht all derer, die nicht als Vermehrer berufen sind.

Und ganz wichtig: Kinderkriegen sei verboten für Leute, die das nächste Geschlecht nicht liebten.

Genaueste Ungenauigkeit

Conférencier Paul Nikolaus schwärmte, Ringelnatz decke die Fehler und Kleinheit der so genannten lebenswichtigen Dinge auf, enthülle die Schönheit des Abseitigen, Übersehenen und spiele mit tiefem Ernst Ball mit allem. Seinen Vortrag auf der Bühne unterstreiche er mit huschligen Bewegungen, komisch verträumt, als würde er alles erst in diesem Moment neu schöpfen, aber alles sei von einer unerhörten artistischen Präzision.

Lieber Ostsee

An Ringelnatzens 46. Geburtstag starb Kathi Kobus. Er schickte der geschäftstüchtigen »Simpl«-Wirtin ein versöhnliches Abschiedsgedicht hinterher. Eine Ära war zu Ende. Auch sonst hielt ihn in München, der Stadt der Bewegung, immer weniger. Im Sommer verbrachte er mit Muschelkalk drei wunderschöne Wochen auf Hiddensee. Asta Nielsen wunderte sich kaum, dass ihre Seife plötzlich auf vier Beinen dastand, die Brötchen manchmal quietschten und die Pfirsiche Vogelköpfe aus Papier und einen Gänsefederschwanz hatten.

Antiwerbung wirbt

Die sächsische Badewannenfirma Krauss veranstaltete ein Preisausschreiben um den besten Badewannenwerbetext. Ringelnatz gehörte zu den Gewinnern. Seine Idee war so einfach wie genial. Gegen einen Positiv-Zweizeiler setzte er die Antiwerbung: »Mir ist der Name Krauss ein Schreck. Ich bade nie. Ich liebe Dreck.« Die Badewannen sollen sich danach wie warme Semmeln verkauft haben.

Das kleine Maximum

In gleicher Manier schrieb er für die heute noch existierende Feuerlöschgeräte-Firma »Minimax« Werbung: »Feuer breitet sich nicht aus, hast du Minimax im Haus.« Und setzte volksmündlich dagegen: »Minimax ist großer Mist, wenn du nicht zu Hause bist.« Der Spaß hat sich anscheinend fortgesetzt. Wer auch immer ergänzte: Hast du Minimax im Keller, brennt der Dachstuhl um so schneller. Immerhin viermal Minimax. Jetzt fünfmal. So geht Werbung.

Reklame, Reklame!

Ringelnatz wäre nicht Ringelnatz gewesen, wenn er das Thema Werbung nicht ironisch bedichtet hätte. Im Reklame-Gedicht schrieb er von einer Werbung, die ihn in die Augen gezwickt und ins Gedächtnis gebissen hätte. Mit einer aufdringlichen

Kampagne wurde für eine Bettnässer-Pille geworben. Der Dichter ergab sich der Werbung. Jeden Morgen aß die ahnungslose Frau nun zwei Pillen zum Frühstück – als Entfettungsmittel.

Nichts Schriftliches

Ringelnatz zog mit Muschelkalk 1930 nach Berlin. München war ihm verleidet. Zu diesem Zeitpunkt bat der Stadtbibliotheksdirektor um ein Stück Handschriftliches. Ringelnatz antwortete ziemlich abweisend, er wolle da keinen Beitrag leisten. Dieser Brief ist heute ein wertvolles Stück – in der Münchner Handschriftensammlung.

Geld und Liebe

Ringelnatz liebte seine »muschelverkalkte Perle«. Zum zehnten Hochzeitstag dichtete er: »Wir lieben uns nun zehn Jahre, erst sehr, dann mehr und mehr.« Und dann wünschte er sich und seiner Frau, dass »das Hesterberg« diesen Zustand, den er von Geldnot bedroht sah, bewahren möge – die Kabarettdirektoren und »-innen« waren die einzigen halbwegs zuverlässigen Einnahmequellen.

Kniggerich

Fälschlicherweise wird Ringelnatz nachgesagt, er habe einen sehr lockeren Umgangston gehabt und alle Welt geduzt. Im Gegenteil, er hielt sehr auf Form. Seinem Biografen Günther bot er erst nach fünf Freundschaftsjahren das »Du« an.

Eine stark geschminkte Bürgerdame bemitleidete ihn süßlich: »Du Ärmster! Ist es nicht schrecklich, so jeden Abend betrunken zu sein?« Ringelnatz darauf: »Wenn Sie mal ein Kind kriegen oder Sie liegen auf dem Sterbebett, dann will ich Ihnen wünschen, dass Ihnen so ernst zumut ist, wie dem Ringelnatz, wenn er seine Gedichte vorträgt!«

Unerkannt lauschen

Ins Berliner Telefonbuch hatte sich Ringelnatz unter der Berufsbezeichnung »Kunstmaler« eintragen lassen. Wert und Wichtigkeit, die er dieser Tätigkeit beimaß, lassen sich auch an einer Notiz ablesen, wie er es am liebsten mit einer eigenen Ausstellung hätte: »Wie innig gern hätte ich am liebsten mit falschem Bart vor meinen Bildern gestanden.«

Geschmückt

Zum Neujahrsfest trafen sich in der winzigen Berliner Wohnung viele Künstler und Freunde. Der Weihnachtsbaum stand immer noch erleuchtet da. Daran hingen neben silbernen Engeln die goldene Locke eines Kindes, auf dessen Tod Ringelnatz ein Gedicht geschrieben hatte, und – Zahnbürsten.

Heimliche Zeremonie

Heiligabend verbrachten Ringelnatz und Muschelkalk allein. Auch wegen eines nicht unbedingt weihnachtlichen Rituals: Aus dem Bufett wurde ein Embryoskelett geholt, das unter einer Glaskuppel lag. Es muß um diese Zeit rund vierzig Jahre alt gewesen sein. Dem kinderlosen Ehepaar war es Jahr für Jahr das Kind, das feierlich aus dem Bufett getragen und in den warmen Schein der Weihnachtskerzen gestellt wurde.

Erst nach Ringelnatzens Tod hat Muschelkalk dieses Geheimnis einer Freundin verraten.

Mittendrin

Ringelnatz war begeistert von menschenfreundlicher Technik. Er pries dichterisch Flugzeuge und die Fliegerei. Das tat er so überzeugend, dass sich ebenso überzeugend herumsprach, er sei außer Autor, Maler und Kabarettist auch noch Pilot. Dabei hatte er doch immer nur freudig-bangen Herzens auf einem Passagierplatz gesessen.

Kreatiefer

Spieltrieb und Schaffenslust machten bei Ringelnatz selten Pause. Durch Kochen, Glühen und Kneten formte er aus alten Handschuhen Fabeltiere, und er erfand für die Firma »Kupferberg« das Reklamespielzeug »Tanzbeinchen mit Sektkübel«. Er war sogar Inhaber eines Patents: Mit dem »Drill-Drall« konnte man wacklige Tische zum festen Stand bringen.

Auf Abstand

Zu einem unsympathischen sächsischen Professor, der ihn als Landsmann ansprach und meinte, dass sie ja dieselbe Sprache sprächen, sagte Ringelnatz: »Äußerlich wohl, Herr Professor, äußerlich wohl ...!«

Galanter Schlürfer

Das unstete Leben und die noch unsteteren Verhältnisse zehrten an Ringelnatzens Gesundheit. Trotzdem ließ er sich die Laune nicht verderben, zog durch die Künstlerlokale und besuchte Feiern, Bälle und Partys. Einmal wollte er nachts sein Stammlokal verlassen, da kam ihm die Diseuse Kate Kühl entgegen, Sängerin von Ringelnatz-Liedern und Freundin der Familie. Ringelnatz kniete nieder, zog ihr einen Schuh aus, goss Wein hinein und erhob »das Glas« mit feurig-lobenden Worten auf die Eigentümerin des Trinkgefäßes. Eine Zeugin des Vorfalls flüsterte: »Seine arme Frau, wenn die das wüsste.« Muschelkalk stand feixend daneben.

Daumen hoch

Die kleine Tochter eines Ringelnatzfreundes lutschte am Daumen. Die Eltern drohten, der bald kommende Weihnachtsmann werde da sicher etwas tun. Bevor die Kleine anfangen konnte, zu weinen, sagte Ringelnatz: »Was er tut? Der lutscht mit!«

Im Bürokratenlabyrinth

In seinem Bühnenstück »Die Flasche« war Ringelnatz erstmals als Schauspieler gefragt. Um Bühnengarderobe musste er sich selbst kümmern, zum Beispiel suchte er ein altes, gebrauchtes Seemannsjackett. Nirgends fand er etwas, darum wandte er sich in Berlin an das Reichsmarineamt. Dort musste er einen langen Fragebogen ausfüllen. Eine Zweitausfertigung verweigerte er. Er wurde von Instanz zu Instanz weitergereicht, musste kilometerlange Korridore durchwandern. Ein Kapitänsleutnant riet abschließend, ein schriftliches Gesuch einzureichen. Die Jacke bekam Ringelnatz nicht.

Paparazzo?

Ringelnatz wurde beim Betreten eines Altkleiderladens fotografiert. Am nächsten Tag prangte der Schnappschuss in der Zeitung, daneben ein nicht unlustiges Gedicht, das mit einem Wortspiel endete: Du bist doch sonst mehr fürs Lachen, als für »getragne« Sachen. Postwendend nutzte Ringelnatz das als Werbung, schickte ein Foto, das ihn mit erworbenen Seemannsstiefeln zeigte. Daneben ein Gedicht mit dem Hinweis, er würde demnächst in seinem Stück »Die Flasche« einen Matrosen spielen.

Ungewohnt

Mit der »Flasche« ging er gemeinsam mit Schauspielern des Nordhäuser Theaters auf Tournee. Leider wurde es kein Erfolg, vor allem kein finanzieller. In Eisenach sangen am selben Tag die »Comedian Harmonists« vor ausverkauftem Haus und die »Flasche«-Mannschaft hatte das Nachsehen. Außerdem fragte ein Feuerwehrmann während der Aufführung, wie lang das Ganze dauern würde. Man antwortete, etwa bis elf. Daraufhin der Feuerbeamte: »Na, Ginder, beeild euch mal ä bisschen. So was sinn mer hier nich gewehnt.«

Kitsch

Auf der Tournee schickte eine Dame aus dem Publikum ihren ersten Lyrikband an Ringelnatz. Unter der Überschrift »Mein Junge« stand da: »Du von plötzlicher Glut beglückt, ein japanischer Dolch auf deinen Leib gezückt, mach ich mit diri Harakiri. O verführi, verführi, verführi!« Ringelnatz riss das Buch in der Mitte ein und schmiss es unter den Garderobentisch.

Die Freiheit der Kunst

In Gotha war das Gastspiel schlecht vorbereitet, aber es duftete fein nach Bratwurst und die Schauspieler füllten sich mit Thüringer Klößen. Ringelnatz verdiente an diesem Abend elf Mark. Im Liebensteiner Theater kam auch nicht viel mehr zusammen. Auf der Abrechnung des Theaters standen zwei Freikarten für den Bürgermeister. Ringelnatz meinte, das müsse aber ein armer Bürgermeister sein, wenn er sich keine Theaterkarte leisten könne.

Einer für alle

In Koblenz schlenderte er durch die Straßen. Ein Mädchen schaute aus dem Parterrefenster und sprach Ringelnatz mit Namen an. Der fragte, woher sie ihn kenne. »Nun, ich lese doch Zeitungen.« Es war in der Hurengasse.

Wie du mir

Briefe, Blumensträuße und Geschenke erwarteten Ringelnatz in der Garderobe der Münchner Kammerspiele, auch ein Unterschriftenalbum der Oberbürgermeistertochter. Ringelnatz suchte vergeblich nach einem freundlichen Anschreiben und legte schließlich das Album ohne Unterschrift als »nicht in Frage kommend« beiseite.

Leider

Nach der Vorstellung in Bad Elster stand an der Kursaal-Bar ein dicker Herr, der drei Frauen mit Sekt traktierte und mit ein paar Brocken Englisch und Französisch weltmännisch tat. Zwischendurch sprach er breitestes Sächsisch. Ringelnatz hatte das Gefühl, dass der Mann sich auch bei ihm anbiedern wolle, und nahm sich fest vor, zu sagen, ein Gespräch mit ihm koste 100 Mark. Leider kam es zu keinem.

Entwachsen

Auf der Rückfahrt von der »Flasche«-Tournee machte Ringelnatz in seiner Geburtsstadt Zwischenstation. In sein Tagebuch schrieb er: »Wurzen!?!?! – ach du liebe Zeit! Mein Wurzen.«

Unordnung muß sein

Im Herbst 1932 trat Ringelnatz im »Simpl« auf. Irgendwie war er nicht bei der Sache. Die Mitstreiter des Abendprogramms erfuhren vom Direktor, Ringelnatz sei traurig, dass ein Spinnennetz, das ihm immer eine Art Talisman gewesen sei, in der linken Ecke über dem Brettl nicht mehr existierte. Am nächsten Abend war das Spinnennetz wieder da, und Ringelnatz lief zu Hochform auf.

Der Unstern

Der doch so ganz unpolitische Ringelnatz fand Anfang der dreißiger Jahre zu tagesaktuellen Kommentaren, wenn auch nur in den Briefen an seine Frau: »Der Hitlerrummel lässt mich kalt«, und dann: »Wenn du wählst, nur kommunistisch!« Zum Jahreswechsel 1932/33 blickte er prophetisch in die Zukunft: »Hitler ist natürlich ein Unstern für uns.«

Ein pekuniärer Lichtblick

Die Norddeutsche Tricotweberei A. G. aus Chemnitz fragte an, ob Ringelnatz Texte für die neue »Venus«-Bade-Kollektion schreiben würde. Es könnte gar eine Kampagne werden. Anfangs war Ringelnatz skeptisch, dann Feuer und Flamme. Sowohl die Sommer- als auch die Winter-Werbekampagne wurden große Erfolge, so dass die deutsche Frau kariert aus der Wäsche schaute, über die Ringelnatz gedichtet hatte: »Hoch die Kunst! Und Tod den Motten, Venus – warme Winter-Schotten!«

Unvergessen

Zur Feier seines 50. Geburtstages 1933 im Berliner Hotel »Kaiserhof« las Ringelnatz das letzte Mal öffentlich in Deutschland aus seinen Werken. Auch Paul Wegener saß dabei. Der schrieb später in einem Gedenkartikel über seinen Freund Ringelnatz: »Er konnte ohne Alkohol im Kabarett nicht sprechen. Er musste die Hemmungen loswerden, die er vor einem Publikum, das ihn ja nur zum kleinsten Teil verstand, und in ihm nichts sah als eine ulkige Kabarettnummer, empfinden musste. Er war ein einmaliger Interpret seiner Lyrik. Am reinsten und tiefsten aber enthüllte sich der magische Zauber seiner Vortragskunst, wenn er im intimsten Freundeskreis, etwa bei Asta Nielsen oder mir, unaufgefordert seine Verse sprach. Wer solche Abende miterleben durfte, wird die seltsame Magie solcher Stunden nie vergessen können.«

Schwindende Hoffnung

Im Februar war Ringelnatz in Dresden von der Bühne gezerrt worden. Begründung, man müsse das Volk vor ihm schützen. Da war diese Haltung schon in Gesetze gegossen. Auch in Hamburg und München wurden die Auftritte gestrichen. Die letzten zwei Bücher erschienen und wurden alsbald in den Buchhandlungen beschlagnahmt. Die Reihen der Freunde lichteten sich. »Wir werden immer einsamer«, schrieb Ringelnatz an einen Freund, »seit auch Asta fort ist, entstand für uns eine große Lücke, die von lauter Löchern eingerahmt ist.«

Bis zum letzten Atemzug

Ringelnatz war 1933 an Lungentuberkulose erkrankt. Auf der Gastspielreise in die Schweiz brach die Krankheit offen aus. Auch in der Lungenheilstätte Sommerfeld bei Berlin führte Ringelnatz Tagebuch. »Nach der Visite inhalieren«, notierte er. »Beim Inhalieren hauche ich Muschelkalks Photo an.«

Zum Ende hin

Ringelnatzens Gesundheitszustand war wechselhaft. Wenn er elend sei, würde er wie ein erstauntes, erschrockenes Kind mit ganz großen Augen aussehen, schrieb Muschelkalk an einen Freund. Wenn es Ringelnatz gut ginge, sähe er aus wie ein schon gestorbener Weiser. Und zwischendurch sei er ganz der Alte, herumjuxend und krakeelend.

Genügsam

An Asta Nielsen schrieb Ringelnatz aus Sommerfeld, er läge als einziger Mann in der Frauenabteilung, neben ihm Hunderte der schönsten Frauen. Sie könne sich sicher denken, was das für Arbeit erfordere. Und da sei es ja kein Wunder, dass er nur einhundertdrei Pfund wiegen würde. Außerdem bedankte er sich für ein Geschenk von ihr, einen Pyjama. Er sei nur traurig, dass sie ihre Beine nicht darin gelassen hätte, obwohl ihm auch ihr Oberkörper sympathisch sei.

Wahrnehmungsstörung

Trotz heftiger Schmerzen registrierte Ringelnatz weiter die kleinen Schönheiten und Wunderlichkeiten um ihn herum. Er belauschte Vögel.

Einer knarrte wie eine Tür. Die Laute eines anderen waren nicht zu beschreiben. Vielleicht, meinte Ringelnatz, sei es eine Dommel, die dommelt. Am Morgen kam die Krankenschwester ins Zimmer und sagte als erstes genervt: »Dieser Vogellärm.«

Kindskopf

Muschelkalk erzählte ihm bei einem Besuch von einem Jungs-Spiel, das sie beobachtet hatte: Die Jungen hielten die Hosenbeine zu und füllten sich gegenseitig die Hosen mit Sand, und dann ließen sie alles, mit Geschrei herumrennend, wieder ausstäuben. Das Kind im Manne kicherte und notierte für ein Später, das nie eintrat.

Zu früh

Ringelnatz hatte kein Geld mehr für die Heilbehandlung. Berliner Künstler sammelten, viele Kabarettbesucher und Ringelnatzfans spendeten auch. Im Spendenaufruf stand: »Er investierte Kapital in uns, und nun der Zins fällig wird, gilt es zu zahlen. Sonderkonto Ringelnatz.« Das Geld hätte für ein halbes Jahr gereicht, Ringelnatz nutzte nur die Hälfte.

Tod vor dem Ableben

Im Oktober hatte Muschelkalk ihrem Ringel zu seiner Rückkehr aus dem Krankenhaus die Malecke fertig eingerichtet und eine kleine Heilstättenecke mit Fiebertabelle und Apothekchen. Sie nannten dies das »Kalkulin«. Aber Ringelnatz konnte nicht mehr malen und schreiben. Er war zu schwach. Muschelkalk fühlte es genau: »An dem Tag ist er eigentlich schon gestorben.«

Ausgenatzt

Nur neun Personen gaben Ringelnatz das letzte Geleit auf dem Berliner Waldfriedhof. Es sollte so sein. Von der Orgel der Friedhofskapelle schwebte eine Melodie heran: »La Paloma«, sein Lieblingslied. Paul Wegener sprach die letzten Worte für seinen Freund. Renée Sintenis hatte die Bronzebuchstaben für den Grabstein gezeichnet. Schlicht und einfach steht da: Joachim Ringelnatz.

Und der Grabstein, der ist aus – Muschelkalk.

Quellen

Bemmann, Helga (Hrsg.): Laß uns eine Reise machen; Henschelverlag Berlin 1976

Bemmann, Helga: Daddeldu, ahoi!; Buchverlag Der Morgen, Berlin 1980

Günther, Herbert: Ringelnatz; Rowohlt Taschenbuchverlag, Reinbek b. Hamburg 1964

Hesterberg, Trude: Was ich noch sagen wollte ...; Henschel Verlag, Berlin 1971

Hollaender, Friedrich: Von Kopf bis Fuß; Kindler Verlag, München 1965

Hösch, Rudolf: Kabarett von gestern; Henschel Verlag, Berlin 1967

Kästner, Erich: Gemischte Gefühle; Aufbau-Verlag, Berlin und Weimar 1989

Kuh, Anton: Luftlinien; hrsg. von Ruth Greuner, Verlag Volk und Welt, Berlin 1981

Nielsen, Asta: Ein Tag im Paradies; Ullstein Verlag, Frankfurt-Berlin 1996

Osthoff, Otto (Hrsg.): Das literarische Kabarett; Drei-Fichten-Verlag, München 1946

Otto, Rainer: Kabarettgeschichte; Henschel Verlag, Berlin 1977

Polgar, Alfred: Die Mission des Luftballons; Verlag Volk und Welt, Berlin 1975

Reimann, Hans: Oswin der ertrunkene Hering; hrsg. Wolfgang U. Schütte; Eulenspiegel Verlag Berlin 1986

Ringelnatz, Joachim: Das Gesamtwerk in sieben Bänden; hrsg. von Walter Pape, Henssel Verlag, Berlin 1982-85

Scher, Peter u. Sinsheimer, Hermann: Was nicht im Baedeker steht; R. Piper & Co, München 1928

Schumann, Werner: Unsterbliches Kabarett; Richard Beeck Verlag, Hannover 1948

Schütte, Wolfgang U. (Hrsg): Damals in den Zwanziger Jahren; Buchverlag der Morgen, Berlin 1968

Tucholsky, Kurt: Auswahl in 7 Bänden; hrsg. von Roland Links, Verlag Volk und Welt, Berlin

Waldoff, Claire: Weeste noch ...!; Progress-Verlag Joh. Fladung, Düsseldorf 1953

Worm, Hardy: Das Hohelied vom Nepp; hrsg. Wolfgang U. Schütte, Buchverlag Der Morgen, Berlin 1978

ISBN 978-3-359-01320-4

2. Auflage

Umschlaggestaltung: Matthias Gubig, unter Verwendung eines Fotos von Joachim Ringelnatz
Druck und Bindung: CPI Moravia Books GmbH

Ein Verlagsverzeichnis schicken wir Ihnen gern:
Eulenspiegel · Das Neue Berlin Verlagsgesellschaft mbH & Co. KG
Neue Grünstr. 18, 10179 Berlin
Tel. 01805/30 99 99
(0,14 Euro/Min., Mobil abweichend)

Die Bücher des Eulenspiegel Verlags erscheinen in der Eulenspiegel Verlagsgruppe.

www.eulenspiegel-verlag.de